うぐいす餅とバナナ

谷口純子

生長の家

はじめに

この本は、普及誌『白鳩』に二〇〇八（平成二十）年二月から二〇一一（平成二十三）年の一月までに掲載されたものを集めたエッセイ集です。

私自身の身近な生活のこと、その時々に社会で話題になったこと、また私が問題意識をもって見ていることなどが扱われています。内容的には、この世で生きることにどんな意味があるのか、またこの人生の仕組み、私自身がその中でどのように日々を生きようとしているかなどについて、書かせていただきました。

私の考えの根本には、生長の家の「神は善一元の存在である」「人間は自分の人生を、自分の心によって創《つく》る」という教えがあります。

『うぐいす餅とバナナ』という題名を見て、食べ物の本かと思われる読者がいるかもしれません。この二つは、エッセイ中にはバラバラに登場します。うぐいす餅は、昭和の初期、東北の山で暮らす炭焼きの家族の、飛び切りのごちそうとして、バナナは

〝アブナイ食べ物〟としてです。無関係なようですが、前者は、現代人が久しく忘れてしまった「足るを知る」生活を教えてくれたもの。後者は、地球温暖化の現代の申し子のような食品です。前者が忘れられ、後者が生まれたという関係があるように思います。

ものが不足する昭和の初期、炭焼きの夫が町から持ち帰った包みの中にうぐいす餅を見つけると、家族は歓喜の声を上げたのでした。ところが、現代の私たちは、あり余るほどの物に囲まれながら、それらの一つ一つに喜びを感じているとは思えません。すでに与えられている多くの恵みの価値を認め、感謝することを忘れているからです。そのような感謝の生活を、生長の家では「日時計主義」と呼んで推奨しています。私自身が日々、そのように生きたいと願うものです。

バナナは、日本ではもっともポピュラーな果物の一つですが、国内で作られるのはごくわずかで、そのほとんどが外国産です。安価で手軽ではありますが、バナナが生産され、私たちの口に入るまでの過程には、地球温暖化と世界の貧困につながる多くの問題が潜んでいます。

はじめに

うぐいす餅は素朴で、当たり前のお菓子です。そんな食品の価値を改めて認めて感謝する一方、バナナのような一見、当たり前でありながら、多くの問題を抱えている食品の問題を見抜き、購入を避けることで、現在の喫緊の課題である地球環境問題の解決にも取り組んでいきたいという、私の思いを本書に託しました。

本書を開く皆様には、物事の明るい面を見る生活をしながら、自然の恵みを鋭敏に感じ、その営みを大切にし、なお豊かならしめ、未来を生きる人たちに引き継いでいかれるよう、切に念願いたします。

本書の出版に当たっては、生長の家出版・広報部の山岡睦治部長、日本教文社の田中晴夫さんには大変お世話になりました。お礼申し上げます。

常に変わらず助言し、支えてくれる夫にも、心から感謝いたします。

二〇一一年三月　沈丁花の香りに包まれて

谷口　純子

うぐいす餅とバナナ　目次

第1章　楽園はどこに

第2章　目の前のしあわせ

第3章　自然に生かされて

第4章　雛祭り

カバー写真（二〇〇九年六月、山梨にて）…………著者
本文写真・挿絵…………………………………………著者

うぐいす餅とバナナ

第1章

楽園はどこに

楽園はどこに

昨秋のある日、渋谷から乗ったバスの窓から黄色くなったイチョウの木が目に入った。

その頃東京は紅葉が本格的になり、赤や黄、オレンジなどの華やかな木々の彩りに、町を歩くのも楽しかった。東京都のシンボルツリーはイチョウで、街路樹にこの木が植えられているところは多い。中でも明治神宮外苑のイチョウ並木は有名で、テレビや雑誌などでよく取り上げられ、それが黄葉したころには、付近は大変な賑わいになる。外苑だけでなく、東京では色々なところにイチョウ並木があり、私の家のある原宿近辺でも黄葉を楽しめた。

私の子供たちが通っていた学校は、家から歩いて十分ほどのところにあるが、学校の正門を入るとすぐにイチョウ並木だ。子供たちの卒業からもう何年もたつが、彼らが学生だった頃、保護者会などの行事で、私は何度もイチョウの黄葉を眺めたものだ。イチョウの葉は黄緑色から緑がかった黄色、まっ黄色へと黄葉が進む。その後は茶色がかった黄色から、薄い脱色したような黄色へと変化する。けれども、その途中のいずれかの段階で地に落ちるから、地上は適当に混色した葉で美しく彩られるのである。

ある年のこと、私が子供らの学校を訪れた時、すべての並木が神々しいほどまっ黄色に染まっていた。その金色の葉をつけたイチョウの木に囲まれ、樹下に佇《たたず》んだ私は、まるでおとぎの国にいるようだった。周りからはイチョウ以外の木の存在は消え、黄金の世界に迷い込んだような錯覚を覚えた。

この状況は、大自然の中で木々の緑に囲まれるのと似ているが、黄色と緑の色の違いは大きい。緑色は、私たちの周りに案外多くある。その色を見ると、私たちは「安らぎ」を覚え、「気持よい」とか「美しい」と感じても、異空間にいるような感覚はない。周り一面の黄金色に囲まれるのは、特別な体験である。

イチョウの葉が黄変する仕組みについて、百科事典にはこう書かれている。

落葉前に葉緑体のクロロフィルが分解されて緑の葉が消えるため、残された有色体中のカロチノイドの色が現れて黄色になる。この場合、秋になって黄色の色素がつくられるのではなくて、もともと植物体内にあったけれども優勢な緑色に負けて見えていなかったものが、緑色が消えたために目に見えるようになるのである。

このように説明されると、「なるほど」と黄葉の原理がわかったような気になる。そして秋になり気温が下がり木々がみな紅葉、黄葉するのは毎年のことで、何の不思議もない季節の営みであると考えるのが、普通だろう。

けれども、私の中に〝幼子〟がいて「なぜ?」という質問をやめないのである。落葉させるのはなぜか? もし寒さのためならば、寒くなるのはなぜか? それは太陽と地球の位置、地軸の傾きの関係から四季が生まれるというならば、太陽と地球はど

楽園はどこに

2009年７月　ブラジル到着前の機上から

うしてそんな関係にあるのか？……疑問は果てしなく湧き上がってくるのである。

このように、簡単に答えの出ない疑問をもつことは、愚かなことだろうか。私はこういう素朴な疑問をもつことが、この世の不思議に目覚め、人が神の存在に気づくきっかけになると思う。「神を見出す」とか「神の存在を感じる」などということは、普通の人間には必要のないこと、不可能なこと、と考えられがちだ。そういうことは特別な人が考え、興味をもつことと思われる。しかし私は、神の存在を誰もが自然に無理なく感じられることが、日常の生活を豊かに、より深く生きることにつながると思う。

人が生きる、花が咲く、鳥が空を飛ぶ、秋に木の実は熟する……。それらの背後に、あるいは命の本質に、何か大いなるものの存在を認めなければ、人や動物や植物などが存在することの、説明ができない。おもちゃの自動車が走るのは、電池が入っているからだと知れば、人は納得する。それと同じように、人間の存在の〝奥〟に、生物や天体の営みの〝背後〟に、原因を求めることは自然である。

そして生長の家では、すべての存在の根源に「神がある」という。人類は長い間、神というものは人間とは離れた天上にあり、また十万億土の彼方におられるなどと思ってきた。けれども、天の上に神がおられるという考えは、最初の宇宙飛行士、ガガーリンの言葉によって否定された。

「宇宙空間のどこを見回しても、神はおられない」

彼はそう言ったというのである。

このガガーリンの言葉はまた、神を人間のような姿形をした存在としてとらえる、人類の長い間の先入観も表している。この考え方は、クリスマスにサンタクロースが世界中の子どもにプレゼントを配るという話と、同質の不合理さをもっている。

神は人間からそんなに遠く離れた所だけにおられるのではなく、人間を初めとしてあらゆる存在の中に見出せる真なるもの、美なるもの、善なるものの〝背後〟に認められるのである。それがわかれば、この世の不思議に対する答えが得られると思う。

このような考え方は、古来から人間がもっていたものだが、改めて自分と自分の周りに存在するものの背後に、神を見出すことができれば、限りなく豊かな世界に生きていることを感じずにはおられない。

木々は秋に紅葉しなくてもいいし、果実を実らせなくてもいいのである。春には花が色とりどりに咲かなくてもいいのだ。また風は吹かなくてもいいし、空に雲は浮かばなくてもよい。鳥が木々の間を飛び交う必要もないのである。

けれども、これらのことが実際何も起こらなければ、私たちの生きる世界は何と味気なく、殺伐としていることだろう。同じことは、自然界についてだけでなく、人や物事についてもいえる。私たちは、周りの人々や物事の善き面から、限りない恩恵を与えられつつ生きているのである。

心の目を開いて、あらゆるところに神の恵みを見ることができれば、楽園は今ここにあることがわかるだろう。

煙が消える

二〇〇八年の元日は東京は良い天気に恵まれ、暖かい日だった。事前の予報では、大晦日《おおみそか》から新年にかけては大荒れの天候だと言われていたが、東京に限っては、予報が外れた。おかげで東京・原宿の生長の家本部では、新春にふさわしく澄みきった晴天の下で、新年祝賀式が行われた。

祝賀式は午前中に終わる。午後からは、私たちは家族五人そろって近所の氏神様《うじがみ》である隠田《おんでん》神社にお参りするのが、毎年の慣わしになっている。そこは家から歩いて五分ほどのところにある小さな神社で、初詣《はつもうで》の時でも、二、三組の夫婦や家族連れと出会うくらいである。同じく近所にある明治神宮が、全国一の初詣客を誇るのとは対照的である。この氏神様は、住宅街の中にあるため「荘厳な雰囲気」とは言えないが、混雑を気にせずにゆっくりとお参りできるのはありがたい。

夫は穏田神社で古いお札を納め、神棚に置く角祓《かくばらい》の札を買う。子供たちはおみくじを引く。私は、「小吉だ」「大吉だ」と言って、引いたおみくじを見せ合っている兄弟妹を、楽しく見る。

お参りの後は、普段歩かない裏道を通って表参道まで行く。途中、華やかに着飾った新年の街や人々の様子を見ながら、散歩して家に帰ることにしている。そして夜は、夫が幼い頃祖母から教えられたという、百人一首の札遊びに興じるのである。

二日から五日までは、私の実家のある三重県の伊勢に行く。子供たちはそれぞれ仕事や予定があり、近年は五日までいることができず、早めに伊勢から帰ることもある。今年は、二男が四日に一人で東京に帰った。

こうして私たちの〝家族の新年〟――普段は離れて暮らす三人の子供たちと、昔のように過ごす新年は終わるのである。

我が家では、夫の方針で、子供は高校を卒業すると家から出して一人暮らしをさせた。〝籠《かご》の中〟でぬくぬくと過ごしていた鳥は、突然野に放たれるのである。母親の

煙が消える

2010年1月　誕生日、自宅にて

私は、もう少しそばに置いて世話を焼きたいと思ったが、彼らはいそいそと家を出て行った。

実際に一人暮らしを始めると、自由な半面、寂しいことや生活の不自由さ、経済的な困難にも直面したことと思う。そんな彼らも成長し、皆それぞれの仕事につき、自分の道を歩き出した。そして彼らの口から最近、こんな言葉が聞かれる——

「高校を卒業した時、家から出してくれてとても良かった。あのまま家で生活していたら、世間の厳しさを知らず、世の中を甘く見て、自分を特別な人間だと思っていたと思う」

長男が家を出て九年になる。子供たちは、家族の誰かの誕生日や記念日、私が一、二カ月に一回計画する食事会などには、なるべく予定を空けて集まって来る。互いに忙しくて皆の顔がそろわないこともあるが、家族の集まりを皆大切に思っているようである。

夫は子供が家にいるときは、とても厳しい父親だった。とりわけ、学校の校則は守るように厳命した。子供が、「みんな守っていない」などと言うと、「もし校則が、みんなが守れない、不合理なものならば、自分たちで働きかけて、変えてもらうべきだ。おかしいから守らないというのは、法律がおかしいと自分で勝手に考えて守らないのと同じだ。社会では通用しない」などと子供たちに言っていた。

校則の中に、「登校時には学校のバッジを付ける」というのがあった。つけていない生徒も多かったが、夫は子供が「行ってきます」と挨拶に来るとき、バッジを付けているか見て、つけていないときは、つけるように言った。横で見ていた私は、「そこまでしなくても……」と思った。親子の関係がとげとげしくなるのが心配だったのだ。が、今ではその時の夫の行動が理解できる。学校のバッジを付けることで、自分が何者かというのが、明らかになる。それは無意識のうちに自分の行動に、ある程度の責任を感じる一助になるから、愚かな行いに走らない抑止力になる。そんな考えが夫にあったのではないか。

かつて厳しかった夫は、今では子供たち一人ひとりを、一人の大人の人間として扱い、余計な口出しをほとんどしない。母親の私は、以前と変わらず、「朝ごはんは食べているの？」とか「薄着で寒くないの？」などと言い、子供たちから煙たがられる。

夫は彼らの生き方に干渉することなく、むしろ彼らの専門分野で、自分の知らないことを尋ねたりしている。そんな夫と子供たちを見て、私は父と子とはこういう関係になるものなのかと、以前の心配を嘘のように感じるのである。

昨年、末っ子の娘も晴れて就職し、子供三人が社会人となった。その初めての新年だったから、私は彼らの成長をことさら強く感じた。今は彼らの姿に、目を細めている私であるが、昨年はそうではなかった。

長男は一人暮らしを始めてから、煙草を吸い始めた。子供たちが小さい頃から、夫も私も煙草の弊害についてよく話していたし、レストランなどで食事をするときは、いつも禁煙席を希望していた。だから私は、子供は煙草を吸わないだろうと勝手にきめていたので、少なからずショックを受けた。

「大学ではみんなが吸っている」

というのが、彼の理由だった。子供が親に対してよく使う言い訳である。そして「いつでも止められるから」などと甘いことを言っていた。

次男の方は「僕は煙草は嫌いだから」と否定していたが、大学二年生の頃には、いつのまにか吸うようになっていた。

私は彼らに会うたびに、煙草の害を強調し、「あなたたちに何の不足もないけれど、煙草を吸うことだけが気がかりだわ」と話していた。一人暮らしの彼らは、食事のバランスもあまり考えていないだろうから、喫煙によって健康を害さないか心配だった。「煙草はやめてほしい……」とずっと願っていたのである。

そんな私が昨年からつけ始めた『日時計日記』（生長の家刊）には、「私の希望・願い」を記入する欄があった。そこで私は、この欄に息子二人の名前を書き、その後に「禁煙成功」と書き加えた。これを毎日続けたのである。

『日時計日記』とは、その日の良い出来事だけを書く日記である。毎日書き続けて三カ月ほど経った三月末、最初に二男が「僕、煙草止めたよ」と報告してきた。その数週間後には、長男も「煙草止めた」と言ったのである。当初、私は半信半疑だったが、反面「やはり」という思いもあった。心の底には、「きっといつかはやめる」という確信があったからだ。

あれからもう一年近くになるが、彼らは煙草を吸っていない。だから、禁煙は成功したと考えていいだろう。私の心からは、彼らへの不足の気持が文字通り〝煙のように〟消えてしまった。

運命の〝罰ゲーム〟

「人の運命は、あらかじめ決まっている」――こう考える人は、多いかもしれない。けれども、では一人一人の運命を決めるものは何か、などと考え、その根拠を自分なりに理解している人は少ないのではないか。

『広辞苑』には、運命とは「人間の意志にかかわりなく、身の上にめぐって来る吉《きっ》凶《きょう》禍《か》福《ふく》」のこととある。

人の運命があらかじめ決まっていると思う理由は、私たちの日常に起こる様々な出来事には、個人の力を超えていることが多いからだろう。その中でも、最も明らかに運命的なものを感じるのは、自分の誕生と結婚そして死ではないだろうか。とりわけ、どんな家に生まれ、両親が誰であるかということは、本人の与《あずか》り知らないことだから、それらは個人の手の及ばない何か神秘な力に支配されている、と考えるのは自然である。

私自身も幼いころ、運命の背後には何か神秘な力があると思っていた。が、それは自分自身の資質と全く関係がないとは思えなかった。

この問題を考えるとき、人の命をどのように捉えるかによって、答えが随分変わってくる。人の命はこの世で生きるときだけのもので、死んでしまえば、そこですべては終わる。後には何も残らない――こう考えれば、人がみな個性的で、違った環境に置かれ、異なる人生を送ることに、あまり意味は見出せない。これらの様々な違いは、神様の何かの意図、あるいは星の運行などに支配される、と考える人もあるようだ。

ところが、人の命は永遠であり、肉体をもってこの世で生活するのは、その永遠の命の一つの表現だと考えれば、随分違った見方になる。永遠に生きているからこそ、現生《げんしょう》の前にも生があり、その続きとしての今だから、それぞれが違った環境で、個性的な人間として生きる、と答えられる。

たとえば新卒で、ある企業に入った人が三十人いたとする。これらの人々は二十年後、同じ会社にいたとしても、全く違う立場にいるだろう。最初に配置されたところの違いはあるかも知れないが、スタート地点は同じだったのに、である。やや乱暴な喩《たと》えかもしれないが、入社した時がこの世に生まれた時と考えると、それ以前の生活や経験、能力や性格が違うから、二十年後の違いがあるのである。

私たちの人生も、時間はもっと長いが、そのようなものだと教えられている。そして、生長の家では、この違いは「コトバの力」によると考える。このことは、仏教では「唯心所現《ゆいしんしょげん》」ということがあるが、要するに「運命は自分の心が創《つく》る」と考えるのである。

私はこの話をいつも生長の家の講習会でしているが、私たちが「コトバの力」によって自分の人生を創っているということは、どんなに強調しても、し過ぎることはないと思う。それぞれの人の人生や環境は、何か神秘的な力や、手の届かない運命などに支配されているのではないのである。

この「コトバ」とは、「身《しん》・口《く》・意《い》」の三業《さんごう》のことである。「身」というのは、私たちが体を使ってする表現活動のことである。たとえば、電車の中で人に席をゆずるとか、困っている人に手を貸すとか、笑顔で人に接するとか、その逆に、不快な暗い顔をすることなどが含まれる。これらは皆、その人の心の表現であるからだ。

「口」というのは、文字通り口から発する言葉で、どんなことを言うかということだ。人が日常使う言葉には、人それぞれの癖がある。大した問題でもないのに、いつも「大変、大変」と言っている人もいれば、少しくらいのことでは動揺せず「大丈夫」と鷹揚《おうよう》に構えている人もいる。他人に対しても、いつも粗探《あらさが》しをする傾向の人もいれば、人の長所や良いところを見つけるのが上手で、それが習慣になっている人もある。

そしてこれらのもとになるのが、「意」――つまり、自分の心の中の思いである。

これらの三業は、長い間の習慣が蓄積されて、飛行機をオート・パイロットで操縦するように、ある一定の方向に進んでいくのである。だから、心は自分の思い通りになかなかいかない。まるで暴れ馬のように感じることもある。これがまた、「自分が何かに支配されている」という印象をもつ原因ともなるのだ。

しかし、「コトバの力」によって運命が創られるのならば、私たちが日々に何気なく使っている言葉、自分の行動、心でふと思うことなどを、無意識に放置していてはいけないということがわかる。

普段の自分の言葉や心の中の思いを、客観的に見てみると、案外否定的なものがあることを発見する。それは、すべての人が幸福を求め、〝善の尺度〟を内にもっているからである。

私たちは、道にゴミを捨てる人を見たら、非難したくなる。挨拶がきちんとできない人をみると、どういう教育を受けたのかと思う。また、新聞やテレビなどで、世の中の不幸な出来事や不正について見たり聞いたりすると、心が暗くなる。それらはすべて、「こうあるべき」という〝善の尺度〟――つまり理想が、私たちの心の中にあるから起こるのだ。そうすると、心で強く認めたものが現実になるのが「唯心所現」の法則だから、善を求め、理想を求めながらも、私たちはその反対のものを創りだす結果になってしまう。

だから、自分の欲する運命を創造しようと思う人は、意識して〝心の方向転換〟をすることが大切なのである。

どの方向に転換すればいいだろうか――それは、「人生の明るい側面をつとめて見る」という、ただ一つの方向にである。これをするには、しかし訓練が必要だ。

わが家でも、夫と私は物事の悪い部分に目を向けたり、人のことを否定的に言わないように、お互いに気をつけている。が、時には不用意な言葉を使ってしまうこともある。

そこで最近、〝罰ゲーム〟を考え出した。食卓のテーブルの上に小型のティッシュの箱を置いて、人生の暗黒面を口にしたときには、その人が箱に千円を入れるのである。千円は安くないから、二人とも言葉に注意して、明るい言葉、讃嘆の言葉、感謝の言葉を口にするよう心がけている。最初は、「箱がいっぱいになったら、何に使おうか」などと冗談を言っていた。それだけ〝危《あや》うい言葉〟を使っていたのだ。ところが箱を置いて一カ月くらいたっても、その中には千円札が一枚だけだった。誰の千円札かは、想像にお任せすることにして、私たちは、お金がたまらないのは進歩の証、と考えている。

いのちの輝き

二〇〇九年の一月三十一日に、生長の家の講習会のため熊本市に行った。私にとっては三度目の熊本だ。前二回は、宿舎が熊本空港から数分のところにある、「くまもとエミナース」という公共の施設だった。講習会の会場に近いということで、その宿舎が選ばれていた。熊本の街からは車で三十分程度の距離にあり、周りは畑以外ほとんど何もないところだった。今年はその施設が改修工事か何かで、閉鎖中とのことで熊本市内のホテルが選ばれた。

今回泊まったホテルは、熊本市の中心の一番賑やかな場所にあり、熊本城もすぐそばに見えた。ビニールハウスが点在する見渡す限りの畑と、遠くに阿蘇の連山が見えるのが、私の知っている熊本だったから、随分違う印象を持ったのである。

熊本市は、多くの地方都市が抱えるような〝空洞化〟の現象がないように思われた。中心地は東京の新宿を思わせる活気に満ちた大都会だった。二年後には、新幹線も開通するというので、人々の期待も大きいのだろう。

今回、熊本市の中心に泊れるということで、私には一つの期待があった。それは熊本城へ行けるかもしれないということだった。

私は日本画家の東山魁夷《かいい》さんの絵が好きで、東山さんの画文集や随筆を何冊も読んでいる。東山さんには、両親と二人の兄弟がいたが、家族との縁が薄かった。東京の美術学校に通っているころに兄がなくなった。その後母と弟が病に倒れ、戦争中に父がなくなる。そんなとき東山さんに召集令状がきて、戦争に行くのだ。母と弟は、戦後すぐに亡くなっている。

東山さんは、兵隊として最初千葉の柏の連隊に入隊し、翌日には熊本へ廻された。そこでは毎日爆弾をもって戦車に肉薄攻撃する練習に明け暮れた。ある日、熊本市が空襲にあい、焼け跡の整理に行った。汗と埃《ほこり》にまみれシャツは破れ、兵士とは名ばかりのみじめな服装で熊本城の天守閣跡に上った。そこからの眺めは、肥後《ひご》平野の彼方

いのちの輝き

2010年12月　熊本にて

に阿蘇の裾野《すその》が広がる雄大な景色だった。

日本の各地、さらにはヨーロッパにも留学している若き東山さんにとって、そこからの眺めの中に、特別に目を引くものがあったわけではなかった。にもかかわらず、目の前に広がる熊本の町と、その向こうに連なる阿蘇連山が彼の目に飛び込んできたとき、今まで見たどの風景よりも「美しい」と思ったのだ。

その時の東山さんは、自分の死を目前にしていた。生きる望みはなく、まして絵を描くことなど到底かなわない状況だった。そのような絶体絶命の時に、目の前に広がる風景から〝命の輝き〟が迫ってきたのだった。そして、涙がこぼれそうになるほどの感動を味わった。

「今は絵を描く希望も、ましてや生きる希望もなくなったのに」と歓喜と悔恨《かいこん》が込み上げてきたという。そして「もし、万一、再び絵筆をとれる時が来たなら――恐らく、そんな時はもう来ないだろうが――私はこの感動を、いまの気持で描こう」と強く誓ったという。（講談社文芸文庫『泉に聴く』、八六～八八頁）

私は、東山さんの画家としての生涯の、精神の遍歴あるいは発見とも言うべきものの中でも、この熊本城での体験が一番強く心に残っていた。それを読んだのは、もう十年も前のことだろうか。以来、私はいつか熊本を訪れることがあったら、その場所へ行ってみたいと願っていたのである。

幸いこのたびの講習会では、終了後飛行機の出発まで時間があり、熊本城を訪れることができた。城への入口は五時に閉門だったが、四時四十分ごろに到着した。急ぎ足で戦後再建された天守閣にのぼり、またお城の庭から熊本の町、さらには阿蘇の山並みを見ることができた。それは、かつて東山さんが立ったであろう同じ場所からの風景であるはずだった。

「ここからの眺めが、東山さんの風景画の〝目〟を開いたのだ……」

私はそういう感慨をもって、目の前の風景を眺めた。

眼前に広がる風景は、六十年以上前の戦争中とは全く異なる整備された街並みであり、夕陽を受けて光る高層ビル群であり、住宅地である。遠くに見えるなだらかな山の連なりは、あくまでも穏やかだった。東山さんはどこにでもある〝平凡な風景〟と言ってはいたが、密かに感動すべき〝何か〟があるかもしれないと、期待していた私は、何も見出すことはできなかった。

昭和の特殊な時代の絶体絶命の際に立たされていたからこそ、東山さんにとっての〝世界の真実〟が見えたのだ。それは「明日はもう出兵する」というような、特別な状況でなければ得られないものかもしれない。また画家として、自然というものに心から親しみ、その生命感をつかんでいたからこそ、〝命の輝き〟を感じることができたのだろう。平成の時代の平和な日常を過ごしている私のような人間には、それは見がたい世界であるはずだった。

十年ほど前の私は、〝命の輝き〟は特別な才能の持ち主の〝特殊な体験〟でしか得られないものだと思っていた。が、その一方で、当たり前の生活の中にも真実があるはずだと思った。そして今は、当たり前の日常の中にもささやかな〝命の輝き〟を見ることができると理解するようになった。

けれどもそれは、「昨日の続きの今日」や「今日の続きの明日」を生きていては得られない。かけがえのない今日という日を、よりよく生きるのだと誓う積極的な意欲から得られるものだ。

そしてこの、より良く生きたいと思う意欲は、〝光〟を与えなければ育ちにくい。自分のまわりに不平や不満を感じ、物事の悪い面ばかりに目を向けていると、意欲はしぼみ、やがて枯れてしまう。

この〝光〟は、誰か他人が与えてくれるものではなく、自分で見出すものだ。大げさなものではなく、身近なささやかなものにこそ〝光〟は宿る。それを知った今の私は、当たり前の日常にある〝光〟を見ることを楽しみとして、日々を過ごしている。

例えば今日も、わが家の玄関の横には、ピンクのサザンカが溢《あふ》れるばかりに花をつけている。老木となった紅梅《こうばい》は今年も命を輝かせて、「精一杯咲いた」と言わんばかりだ。まだ寒さの残る庭では、ヒキガエルがノソノソと鈍い動きで這《は》い出してきた。どこで冬を過ごしたのか、と想像力が刺激される。

私はこれらの存在から、自分もまた生かされている命であるということを教えられ、日常に華やぎを感じる。

光はどこにでもある。〝命の輝き〟は周りに溢れているのだった。

目を開けて信じる

「私はあなたを信じます」

「私はあの人を正しいと思い、信じています」

――こういうことを、私たちはよく言うことがある。その場合の「信じる」には、いろいろな段階があると思う。その人のことをいろいろな面で理解し、あるいは理解しようと努力した結果、「信じる」に値するという結論に達することもあるだろう。あるいは、自分と考え方が似ていて納得できる、気が合う、理解できる部分が多い、などの理由でも、信じる場合がある。


その一方、「盲目的に信じる」という危険な信じ方もある。これは、この世の中には特別に優れた〝完全な人〟〝完璧な人〟がいると信じているか、あるいはそう願っている場合だ。普通の人の考えない優れたアイデアもあるのだから、全面的に従えば間違いはないと思ってしまう。これは、自分の判断を捨ててしまうから、気がつかないうちに、社会的に危険な行為に及ぶこともある。

私自身は、それほど人に無防備ではないが、人を信じやすく、疑うのが苦手だった。ある人の〝よい面〟が見えると、見えていない面もすべてよい、と単純に思う傾向があった。いわゆる〝お人好し〟だったのだ。しかし、過剰な〝お人好し〟は愚かなことだ。そうならないためには、人間はみな不完全で、どんな人にも弱点はあるし、欠点もあると知ることだ。

「信じる」ということを扱ったアンデルセンの童話に『おじいさんのすることに間違いはない』という作品がある。これには何種類かあり、「おじいさん」が「父さん」に変わっているものもある。が、私は谷口雅春先生の御著書『新版 真理』（日本教文社刊）第五巻女性篇に倣《なら》って「おじいさん」バージョンで説明を進めたい。

こんな内容だ——

ある日おじいさんは、家の馬を市場で高く売ろうと思い、馬と出かける。ところが途中で一人の商人に会い、「馬より雌牛の方が牛乳が採れるから」と言われ、馬と雌牛を交換する。しばらく行くと山羊をつれた羊飼いに会い、「牛乳より山羊の乳の方がよい」と言われ、雌牛を山羊と交換する。その次には、鶏を連れた男に、「鶏は卵を生むから山羊よりいい」と言われ、山羊を鶏と換える。さらには、腐ったリンゴを持った男に会い、「リンゴは腐った部分を取れば、そのまま食べられる」と言われ、ついにリンゴと交換してしまう。こうして立派な馬は腐ったリンゴに化《ば》けてしまう。

この一部始終を見ていた大地主がいた。彼はおじいさんに、「あんな立派な馬を腐ったリンゴに換えてしまって、家にいるおばあさんはさぞ怒るだろうね」と言う。するとおじいさんは、「うちのばあさんはやさしいから、きっと〝おじいさんのすることに間違いはない〟と言うに決まっている」と答える。

大地主は「そんなことは絶対にない」と言うが、おじいさんも自説を曲げない。そこで、大地主は「もしばあさんが本当にそう言ったら、私の土地をみんなお前にあげてやる」と言うのだった。

目を開けて信じる

2009年7月　島根、荒神谷史跡公園にて

おじいさんは家に帰ると道中の話をいろいろし、おばあさんは「それは良かった」と喜んだ。そして最後に腐ったリンゴに換えたことを話すと、おばあさんはこう言ったのだ。

「本当におじいさんのすることに間違いはない。先ほど近所の貧しい人が、何か食べるものを恵んでほしいといって来たのに、何一つ見つからず、腐ったリンゴ一つないと言って帰したところでした。早速このリンゴを持っていってやりましょう」

そう言い残すと、おばあさんは出かけていった。

この二人のやりとりを見ていた大地主は驚いたが、約束なので仕方なく、自分の土地をすべておじいさんにあげたという。


——まるでおとぎ話のような結末である。

おばあさんは、どうしてこんなにおじいさんを信じられたのだろう。途中で交換して得るものは、だんだん価値のないものになる。そして最後には、普通だったら捨ててしまうような腐ったリンゴが残るのである。

おばあさんのおじいさんに対する信頼は、自分の利益や立場を捨てている。おじいさんの行為に対する〝全面肯定〟である。これはアンデルセンの童話であるから、現実の世界はこううまくはいかないだろう。が、人に対してこれだけの信頼が持てればどんなにいいだろう、と私は思う。

これに対して「盲目的信」の弱点は、現実の人間に完全を求めることである。今そこに完全があると信じることは、逆に言えば、それ以上の〝完全〟を認めないということだ。それは、相手の成長の可能性を否定し、「判断力」という自分の理性も否定している。本当は、私たちの生きる現実の世界には、完全はないのだが、人間は完全を求めてしまうのだ。

一人の人間に全幅の信頼を置くためには、現実の不完全な人間の奥には、必ず善性があると信じ、それに対する強い信念が必要だ。現実の人間の不完全さは認めつつ、その〝本質〟はすばらしいと信じるのである。「盲目に」ではなく、「目を開けて」信じる。それは相手の無限の可能性を信じることだから、広々とした豊かな人間関係が生まれるだろう。

人に対して、このような信頼の気持をもつことは、決して簡単ではない。けれども、「人間の善性」を信じる努力の中に信頼の気持は生まれてくる。それを忘れずにいたい、と私は思う。

うぐいす餅の幸せ

日本の五月は気持のよい季節である。寒くもなく、暑くもなく、目に染みいる木々の緑を前にしていると、自然の恩恵が自ずから感じられ、ありがたさが湧いてくる。

そんな自然の営みとは別のところでＩＴ技術は進展を続けていて、インターネットで結ばれた情報社会は、私たちの心理的世界をいよいよ狭くしつつあるようだ。この情報の緊密化とともに、今では世界中の物資が国を超えて頻繁《ひんぱん》に行き交い、物質的な〝豊かさ〟の感覚が社会を覆《おお》っているといっても過言でない。

世界には、貧しくて飢えに苦しむ人々もいるが、それらの人々も現今の物質主義的世界の影響から免れているわけではない。程度の差こそあれ、誰もが〝より多く〟のもの、〝より豊かな〟生活を求めていると言っていい。

そういう社会の只中に生きている私自身も、決して例外とは言えない。けれども、東京のデパートの食品売り場などに行くと、物質的な過剰を目の前にして「これでいいのだろうか?」と感じずにはいられない。

特に洋菓子売り場には、国内だけでなく、特に欧米の有名店の色とりどりの菓子類が溢《あふ》れるばかりに並べられている。それは〝豊かさ〟の象徴であるから、何も文句を言うべきことではないかもしれない。しかし、これだけ多くの種類のお菓子が、これだけ豊富に並び、好きなものをどれでも自由に選んで買うことができる生活が、私たちに本当に幸せをもたらしているのだろうか、と疑問に思うことがある。

目の前に美しく、香りのよいものが溢れていれば、それらに目が奪われるし、欲も出てくる。一方、生菓子や惣菜《そうざい》など日持ちのしないものは、売れ残って捨てられるに違いない。その量を想像すると、複雑な気持になるのである。なぜこの世界では、富がこれほど偏在しているのか。

お菓子を、宝石のようにガラスケースに並べて陳列する高級デパートもある。初めてそれらを見た私は、大いに違和感を覚えた。ところがそれを見慣れてくると、異常さを気にしなくなっている自分に気づくのである。

私は多い時には週に一度ほど、東京の羽田空港に行くが、そこの土産物売り場も、年々華やかになっている。店頭には新しい商品が次々と出され、店員は旅行者への売り込みに黄色い声を上げている。お菓子好きの私であっても、これほどまでに多種多様のものが、一カ所に溢れるほど集まる必要があるのかと思う。この過剰な豊かさから、欲望を限りなく喚起して利益を得、経済発展を狙う物質至上主義を私は感じてしまうのだ。

先日私は、昭和初期に東北の山に住む炭焼きを主人公にした小説を読んだ。小説であるが、その時代の人々の暮らしの様子が克明に描かれていて、勉強になった。そして、私はある種の衝撃を受けた。それは、この時代のこの地方の人々の「足《た》るを知る」暮らしの中に、慎ましいながら、現代の都会人に得がたい〝豊かさ〟があるのを感じたからだ。

それは、こんな話だった。

五十代半ばで、炭焼きをしている主人公は、息子も同じように炭焼きをしている。

家族は年老いた母、妻、そして息子夫婦と孫三人の、総勢八人である。炭を焼いて生活の糧《かて》にしているから、焼いた炭は定期的に町の炭屋に運んで買ってもらう。炭を売った後は、町でいろいろの用事を済ませて帰るのだが、家族のためにささやかなお土産を買うこともある。その日は、かわいい孫には箱入りのキャラメルを買い、大人たちには迷った末、うぐいす餅を買った。彼にしては珍しいことだった。

お土産のキャラメルをもらった孫たちは、大よろこびである。彼らはキャラメルを箱ごともらうのは初めてだった。彼の妻は、うぐいす餅の紙包みを開け、めったに食べることのない上等なうぐいす餅を見て、喜びの声を上げた。

昭和初期の東北の山奥だから、人々の暮らしは貧しく、店で買うお菓子など種類は少ない。甘いものといえば、木の実や干した果物、手作り餡子《あんこ》の入った餅ぐらいだ。しかし、それらも特別な時のご馳走なのだった。だから、主人公の妻には、お土産のうぐいす餅がとびきり贅沢《ぜいたく》なものに感じられたのである。

この個所を読んだ時、私はキャラメル一箱、うぐいす餅一つでこれだけ幸福感を味わえることを、正直うらやましく思った。私が幼い時、クリスマスの朝、枕元にお菓子の入ったサンタの赤い長靴を見つけた時、わくわくするうれしさを感じたことを思い出した。

物が豊かでない時代には、与えられたものは貴重であり、文字通り「有り難い」から、喜びもひとしおである。

物が豊かにある生活をしている私は、そのことに感謝しているつもりであったが、ある程度の豊かさは「当たり前だ」と感じる鈍さがあった、と反省した。目の前に与えられているものを一つ一つ手にとって、あるいはしっかり目で見つめて、その「有り難さ」に喜びを見出すことをもっとしなくてはと思った。

日本人は今、世界中から有り余るほどの物を集めて生活している。それは素晴らしいことのようにも見えるが、逆に言えば、それは「まだ足りない」という飢餓感の反映ではないか。次々に新しいものが考案されるのは、人間の創造力の賜物《たまもの》である。が、反面「もっと欲しい」という欲望に支配されていないだろうか。

すでにある周囲の豊かさに気づき、それを改めて味わい、感謝するだけで満足感は得られる。でも、本当の満足は、自分の外から何かを引き寄せることで得られるのではなく、他（ひと）に何かを与えることで、それができるという自分の豊かさを実感するところから来るのではないか。

うぐいす餅の秘密はそこにある、と私は思った。

花が風にゆれたとき

ある初夏の日、朝の家事を終えた十時過ぎに、私は原宿の自宅を出て渋谷に向かった。前夜、原稿書きなどで遅くまで起きていたせいか、体が重く、歩いていて疲れを感じた。

私は、自分の体調が思わしくないと感じると、それにとらわれて必要以上に休まなければとか無理をしてはいけないと、守りの態勢になることがある。そんな〝悪いクセ〟を吹き飛ばすには、気持を切り替えるのが効果的だ。だから私は、青い空を見上げたり、路傍《ろぼう》の花の美しさ、皮膚を打つ爽やかな空気を味わおうとしていた。そんな時、前方から松葉杖をついた二十代の女性が近づいてきた。長い髪に黒のパンツスーツの、ＯＬ風の人だった。両脇に二本の松葉杖を挟んで歩いてくるのだが、足の運びはゆっくりながら左右交互で、体に不自然な傾きはない。怪我で一時的に松葉杖を使っているのではなく、足の力が弱いために体を支えきれない——そんな様子なのだ。若い女性が、さぞ不便なことだろうと思った。

そして、少しくらいの体の重さに気分が動かされる自分を、恥ずかしく感じた。

「健康で普通に歩けることは、どんなに感謝してもしきれるものではない……」

私はそう思い直して、しばらく歩いていた。

ふと見ると、新しくできたクレープとガレット専門店の店先に、ピンクや黄色の可憐な花の鉢植えが並んでいる。その花々が風に吹かれて揺れていた。それを見た私の脳裏に、詩の一節のようなものが浮かんできた。

「風にゆれるペンペン草の花を見ていたら、あなたのことを……」

はたして誰の詩だったか、思い出せない。作者の名はすぐに出てきそうなのだが、出てこない。こんなときには、無理に思い出そうとしてもできないものだ。だから、私はそれをあきらめてしばらく歩き、信号待ちをしていた。と突然、「星野富弘」という名前が浮かんできた。

星野富弘さんは、中学校の体育の教師をしていたが、放課後の学校で器械体操をしていた時に頸椎《けいつい》を損傷し、首から下の運動機能がマヒしてしまった。その星野さんは、口に絵筆をくわえて、精緻《せいち》な植物の絵などを沢山描くだけでなく、その絵に添えて心に響く詩を書いてきた。

私が思い出した詩は、正しくは次のようなものだった。

神様が　たった一度だけ
この腕を動かして下さるとしたら
母の肩をたたかせてもらおう
風に揺れる
ぺんぺん草の実を見ていたら
そんな日が本当に
来るような気がした

心に迫るものがある詩である。車椅子の生活では、食事も自分一人ではままならない。そんな中で、沢山の絵を描き、詩を作ってきた。生まれ故郷である群馬県のみどり市には、富弘美術館があり、交通不便な山の中であるにもかかわらず、平日でも沢山の見物客が訪れる。口にくわえた筆で描かれた絵や、力強く素直な気持を表現した詩が、人々の共感を呼ぶからだろう。またそれ以上に、不自由な体にもかかわらず、そんな感動を呼ぶ作品を生む星野さんの存在そのものが、五体満足な人に衝撃を与えるからだろう。

「手も足も普通に使える自分なら、やる気になれば現状を超えられるはずだ」と教えられる。そして無言のうちに、当たり前のありがたさに気づかされる。風に揺れる渋谷の街角の花々は、そんな星野さんとの出会いのことを私に思い出させてくれたのだ。

人の心は不思議なものだ。何かを思うと、その思いにつながることが次々に心の中に浮かんでくる。人のことを悪く思ったり、人生を悲観していると、その思いにふさわしい暗い出来事や悪い感情が次々に浮かんでくる。

だから、心に何かマイナスの思いが浮かんできたときには、つとめて明るい、積極的な想念を描くように心を切り替えることが大切だ。心はテレビのアンテナのようなもので、その時の感情と一致したものを自分の周りに見出したり、捉えたり、思い出したりするからだ。

人は常にいろいろなことを思い、感じながら生きている。何事にも感謝し、喜び、楽しんでいる人もあれば、暗い、険しい思いで生きている人もある。それらの積み重ねが人の雰囲気となり、性格となる。よく人と「波長が合う」とか「ウマが合う」なというのも、そういう〝心の波〟が無意識のうちに、自分の心に似た相手を引き寄せているのである。同じものを見、同じ出来事に遭遇しても、人によって感じ方、とらえ方が違うのも、この〝心の波〟と関係している。

かつてこんなことがあった。子供がまだ小さくて、私が生長の家の講習会に行っていない頃のことである。夫が講習会のお土産に新茶を買ってきてくれたことがあった。その時私は、「新茶はいただいたのがあるのに……」と思わず言ってしまった。

しかし、それを聞いていた子供は、

「いいじゃん、いいじゃん」

と喜んだのである。

その言葉に、私は随分反省させられた。旅先で「家族に美味しい新茶を飲ませたい」と思う夫の心を、そのまま受け取ることができなかったからだ。

自分の都合で物事を見、考えてばかりいると、不満や不足がどこからともなく出てくるものだ。何事も「当たり前」と考えるクセに安住することをやめよう。固まった見方を破って新たな視点へと飛躍することで、生活に感動が生まれる。すると、全てのことに感謝と喜びが見出されるに違いない。

心の向きを変えて

生長の家の講習会では、五人の人が自分の体験を発表する時間がある。親子や夫婦のいさかい、病苦や子育ての悩み、事業の失敗による金銭問題などが話されることが多い。

私は毎回それらの体験を聞いていて、人生には本当に色々なことが起こるものだとの感慨を抱く。中にはまさに「小説よりも奇なり」と思われる事実もあるのだと知るのである。

これらの体験談の良いところは、それぞれの人が心の持ち方やものの見方、人に対する接し方などを変えることによって、問題をどのように解決していったかが具体的に示されるので、同じような状況にある人には大いに参考になる。またほとんどの場合、問題は解決されていくので、聴衆は心がすっきりし安心する。

私たちは毎日の新聞やテレビなどからも、不幸な出来事や事件を知る。それらにも、平凡な暮らしの中では想像もつかないようなことがある。そして、その種の〝大事件〟が起こると、同じ事件が何度も、詳しく、繰り返して報道される。そのため、実際に自分が目撃し、事実を確かめたわけではないにもかかわらず、私たちは世の中の様々な出来事を、まるで自分の近くで起こったように感じ、心を悩ますことがある。こういう経験を幼い時から繰り返し、まるで「習慣」のようになっているのが、現代人の生活だ。

私がテレビを見るのは、基本的には朝のNHKのテレビ小説と日本と海外のニュース番組だけで、たまに興味のある番組を選んで見るくらいである。だから、テレビからそれほど大きな影響を受けることはないが、テレビ好きの人への影響力は大きいと思う。テレビは世の中の特異な事件、悲惨な出来事を執拗《しつよう》なまでに追いかけ、それをお茶の間に流しているから、そういう人には「特異」や「悲惨」が日常だと感じられるだろう。

心の向きを変えて

2010年８月　山梨にて

今のように交通手段の発達していない時代には、人々は小さな集団で孤立して生活していた。お互いの交流は、広い海や陸地を渡る人だけによって行われた。そんな時代の人は、自分の身近な出来事を知るだけで事足りていた。情報をもたらす役目をしたのは、旅の僧や旅芸人、行商人などの諸国を回る人々だった。彼らが、旅の途上で得た情報を、訪れた土地に伝えることで、人々は新しい情報を得るのだった。けれどもそれらは限られた少数の人に伝わるだけで、現代のように、多くの人が大量の情報を得ることはなかった。

もともと人間は好奇心が強く、変わった出来事に興味があり、また人の不幸を知ることで、自分の生活にある程度満足する一面をもっている。このことが、〝粗探《あらさが》し〟を好むメディアや社会の傾向の一因でもある。けれども、この傾向が地球規模に拡大してしまったような現代では、ありあまるほどの情報の、そのほとんどが〝暗いニュース〟であるために、それらを得る一人一人の生活を実際には複雑にし、心の煩《わずら》いや悩みを増やしていることがある。

たとえば、殺人事件などが起こった場合、報道は詳しく状況や動機などを何度も繰り返す。そこまで詳しく知らせる必要があるのかと思うことまで、公開される場合もある。情報公開の義務は大切かも知れないが、大量の情報を選別しないで漫然と受け止めていると、私たちは恐ろしい事件や事故が、「もしかしたら自分の身に……」また「家族の誰かに……」という不安に襲われることになる。

自分の心を乱さないためには、テレビや新聞を一切見ない、読まないという生き方もあるかもしれない。しかしそれは、あまり現実的でない。出家僧ならいいが、普通の社会生活を営む人には適しない。必要な情報が入手できないからである。だから、情報は「自分の生活に必要なこと」と「世の中の動き」を知る程度にして、自分のまわりの良いことを心に強く印象づけることが大切だ。

情報社会に生きる私たちが、物質的には恵まれているにもかかわらず、ストレスをため込んでいることが多いのは、やはり世の中の悪い出来事や欲望を掻《か》き立てる情報を沢山心に取り込んでいるからではないか。悪いことは心の煩いになるし、欲望は単なる「願望」で終わることは少なく、「足りない」という欠乏感につながるからだ。

私の日常にも、様々なことが起こる。時には心配したり、不安な思いが心をよぎることもある。そんな時、気にかかる物事に心が占有されがちだ。すると世の中には、「悪だけ」があるように見えてくる。こういうときには、私は強い気持で心の向きを変えることにしている。ただ何となく「今日も良い日だ」と思うムードの転換では足りないからだ。

心の向きを変えるには、私たちの日常に起こる〝きらめく一瞬〟を捉える必要がある。多くの場合、私たちはそれを見逃している。――美しく開いた花の命にふれて「きれいだな」と心が動いた瞬間。青空や雄大な雲を眺めて前進の勇気を得た時。道で顔見知りの人と出会った時、互いに交わした笑顔の温かさ。おいしいものを味わった時の喜び……そういう心の振り子が動いた瞬間をしっかりとらえると、そこから良いこと、恵まれていること、美しいこと、感謝することなどに、心が向かっていく。

そういう生活習慣ができれば、ひととき心に暗い影が差したとしても、すぐに心の方向転換ができるようになる。

私たち一人一人の人生は、自分が一瞬一瞬何を想うかによって、創《つく》られていく。その一瞬一瞬を、外からの暗い情報に振り向けるのではなく、明るく、豊かな恵みに気づき、感謝しながら過ごしたいと思う。

第2章

目の前のしあわせ

桜とパン

春のお彼岸から二週間ほどたった木曜日に、多磨霊園にお墓参りに行った。例年なら、もっと早く行くのだが、今年は夫の仕事が詰まっていて時間が取れず、遅くなった。その代わり満開の桜を楽しむことができた。

多磨霊園は、東京都の府中市にあり、平日の道路の空いている時間帯だと、都心の我が家から高速経由で三十分前後で行ける。そんな近くにもかかわらず、墓地周辺の一帯は武蔵野の面影を残し、木々が多く、森や林も点在している。私の住んでいる原宿と比べると、同じ東京とは思えないほど緑豊かなところである。

お墓参りは朝から行ったので、訪れる人も少なく、夫と私は、静かに墓前で聖経『甘露《かんろ》の法雨《ほうう》』をあげることができた。これがお彼岸中だと人通りも車も多いので、騒がしく落ち着かないこともある。私たちは、時折鳥の鳴き声や人の靴音が聞こえる程度の静寂の中、お参りを終えて清々しい気分だった。お天気も上等だったので、お参り後は花見をした。

墓地のいたるところに、数え切れないほど植えられた桜の中で、とりわけ私が気に入っているのは、谷口家の墓から二区画ほど離れたところにある、枝垂《しだ》れ桜の並木である。桜の季節に墓参した際、必ず訪れる場所だ。

満開を過ぎて緑の葉が出ているものもあったが、大方はちょうど良い花の時期で、夫も私もしきりにカメラのシャッターを押した。見上げるほど大きく、豪華絢爛《けんらん》たる薄桃色の花のアーチは、決してカメラに収め切れるものではない。しかし、それでも自分の感動を残しておきたいと思うのは人情だ。

こんなにして桜を十分に味わってから、私たちは蕎麦《そば》で有名な深大寺《じんだいじ》へ向かった。ちょうどお昼近くになっていたからである。深大寺は多磨霊園から車で十分ほどの距離で、門前には十数軒のお蕎麦屋さんが並んでいる。途中の道路脇や公園も満開の桜であふれていた。それは、大きな淡い桃色の雲が地上に降り立ち、幾重にも連なっているように圧倒的な存在感だった。これだけの数の桜を植える日本人は、本当に桜好きなのだと、私は更めて思った。

桜はある程度の暖かさにならないと開花しない。春の訪れと呼応しているから、桜が咲いたら春が来たと思えるのが、うれしい。もうコートに身を包み、体を固くして道を歩かなくてもよい季節になったと思うと、心がうきうきするのである。それに加え、薄桃色の豪華な雲をあちこちに見ることができるのだから、こんなありがたいことはない。この春と桜の関係を、私は「なんと良い組み合わせか」としみじみ思うのである。

その週末に、私は生長の家の講習会で、京都府の福知山市を訪れた。東京の桜はすでに散り始めていたから福知山はどうかと思ったが、ちょうど満開で、地元の人は「どんぴしゃり」と言っておられた。講習会と桜の開花がぴったり重なった、という意味のようだ。

福知山市は京都の北西に位置し、かつて軍港として栄えた舞鶴市や、天橋立《あまのはしだて》で有名な宮津《みやづ》市が近くにある。私たちが滞在したホテルは、町の中心から少し離れた小高い

桜とパン

2010年４月　福知山にて

山の上にあり、すぐ横に赤十字血液センター、背後には工業団地が控えていた。一方、ホテルの前面には田畑と住宅が混在したのどかな風景が広がっている。

夫と私は、講習会で訪れた土地では、時間と天候が許す限りホテル周辺を小一時間散策することにしている。福知山のホテルに到着した時も、私たちは出かけた。前述のように桜は満開で、他に連翹《れんぎょう》、木蓮、辛夷《こぶし》などが、惜しげもなく豪華に花を開いていた。畑や人家の周辺には、水仙、チューリップ、ヒヤシンス、ムスカリ、芝桜、菜の花などが、色とりどりに春を告げている。

見事な枝垂れ桜の咲く公園もあって、小学生の男の子が父親と一緒に遊んでいたり、女の子の三人のグループが、回転式ブランコのような遊具に乗って、楽しそうにぐるぐる回っていた。私の住む都心の公園では、ついぞ見ない光景だったから、新鮮で珍しく、また幼い頃の自分を見るようで、懐かしかった。

その辺りには、家庭菜園ほどの広さの畑が沢山あり、玉ねぎ、ほうれん草、ブロッコリーなどが葉を伸ばしている。作物の手入れをしている数人のお年寄りの姿もあった。ソラマメらしき植物は、薄紫色の花をつけていた。

そんなのどかな田園風景の中に、「パン屋兼コーヒーショップ」という風情《ふぜい》の店がある。その付近には商店らしきものはないので、レンガ色のその店はよく目立った。比較的広い駐車場をもっていて、引っ切りなしに買い物客の車が出入りして、賑わっていた。

私たちも一休みしようとその店に入り、夫はコーヒーを注文し、私は紅茶を頼んだ。店内で売っているパンやケーキを買って食べることもできる。普段おやつを食べない夫も、私と一緒だと「お付き合いしましょう」と言ってくれる。ケーキやデニッシュ・ペーストリー、菓子パンなどがあったが、夫は「となりのトトロ」をかたどったクリームパンを見つけて、「これがいい」と即座に言った。夫は旅先でよくスケッチするので、題材になると思ったのだろう。席につくと、夫は携帯用の画材を出して素早く絵を描き、その後でトトロパンを二人で分けて食べた。

実は夫は、絵の題材でなくても、昔から顔の形をしたパンやお菓子が好きだった。子供たちが小さい頃は、アンパンマンやドラえもんのパンを見つけると、「子供に買ってあげよう」とよく言ったが、子供がみな成人しても、その傾向は変わらないようだ。おかげで、私ひとりでは決して買わないパンを味わうことになった。トトロパンは普通のクリームパンだったが、旅先での愉快な時間を与えてくれた。自分の枠をスッと超えられるのが、夫婦でいる面白さの一つかもしれない。

翌日に講習会を控え、のどかな田園地帯に暮らす人々の生活に触れた私は、夫の気まぐれにも助けられ、その土地の人と食べ物との、目に見えない繋《つな》がりができたように感じた。

料理は修行

滋賀県大津市の月心寺《げっしんじ》住職、村瀬明道尼《みょうどうに》のインタビュー記事が、二〇〇八年九月五日の『朝日新聞』夕刊に載った。「『君がため』に精進《しょうじん》料理」と題され、料理の心と明道尼の半生が紹介されていた。

村瀬さんは、九歳で親もとを離れて仏門に入り、現在八十四歳だ。記者の「ごま豆腐が評判です」の質問に、こう答えている。

「朝の勤行《ごんぎょう》の代わりに、ごまを約一時間かけてすっています。お経の一言一句を間違わずに読むことより、今日ここに来てくださる方々に食べていただく大根やゴボウを精魂込めて炊く方を私は選びます」

このような月心寺の精進料理は、日本料理を世界に広めたと言われている吉兆の創業者、湯木貞一《ゆきていいち》さんから「天下一とほめてもほめすぎではない」といわれたそうだ。

私も毎日お経をあげているが、お経を読むよりも、ごまをすり、野菜を刻むことが尊いとは、どういうことなのだろうと思った。

人は生きていく上で、毎日の食事や掃除、洗濯などは欠かせない。家庭の主婦が一日でも寝込めば、スムーズに流れていた暮らしのリズムはそこで突然ぎくしゃくしてしまう。だから、料理などの仕事は大切なこととは思うが、お経をあげることよりも、おいしい料理を作ることを選ぶその真意はなんだろう。私はその謎を解きたい、と思った。

そこでまず、明道尼が書いた本をインターネットで探した。すると、自伝の他に料理の本が二冊あることがわかった。渋谷の大きな書店に行くと、そのうちの自伝『ほんまもんでいきなはれ』（文藝春秋刊）が手に入った。そこには、明道尼の波乱万丈の人生が綴られていたのである。

仏門に入るということは、浮世の煩労《はんろう》から逃れて、全生活を御仏《みほとけ》にささげる安らかな日々……などと私は思っていたが、それは浅はかな認識だった。仏門といっても

2009年７月　自宅にて

「人が生きる世界」であることに変わりなく、様々である。自伝では嫉妬や陰謀、裏切り、色恋など、浮世とあまり変わらない世界が展開する。その中でも、明道尼が三十九歳の時に遭った交通事故が、印象的だった。暴走してきたダンプカーに跳ね飛ばされ、九カ月も入院する。一命は取りとめたものの、事故後、右手右足が不自由になった。しかし、その後の努力で「精進料理の明道尼」と言われるような料理の達人になったのだから、不思議である。

明道尼は、事故に遭う前は、若さゆえの血気や山気、自己顕示欲などが残っていたが、怪我をして半身の自由が利かなくなり、必死でその日その日を生きてきたことがよかった、という意味のことを語っておられた。欲を捨てて懸命に毎日を生きることが、料理に深みを与える結果になったということか。

私は明道尼の自伝をここまで読んできて、彼女が「お経より料理」と言う謎が解けたと思った。それは、何事も誠心誠意おこなえば、お経を習慣のようにして読むことよりも価値があるということなのだろう。そのお経は、瞑想は、何のためと尋ねれば、大方の人は、自分の心の平安のため、自分の心境が高まるためと答えるのではないだろうか。私自身にしてもそうである。自分の利益のためだけの読経《どきょう》や瞑想であるならば、禅宗でいえば「無功徳《むくどく》！」の一喝《いっかつ》が返ってくるかもしれない。

そうはいっても、一心になって人のために何かするということは、並大抵のことではない。九歳で仏門に入り、修行を重ね、事故にも遭い、現在八十四歳の明道尼にして初めて「お経を読むよりも、人のために精魂込めて料理をする」と言えるのだろう。

実は私も料理が好きだ。夫がほめ上手であることもあるが、相手を喜ばせたい、驚かせたいという気持で、新婚時代からせっせと料理を作ってきた。子供が生まれてからは、その思いはさらに広がった。彼らはすでに巣立ったが、当時を振り返ってこんなことを言ったことがある――

「学校から帰ってくる時、今日の夕食はなんだろうと楽しみだった」

今は夫と二人暮らしで、生長の家の講習会などで私の日常が多忙になったこともあり、以前のように、毎日料理の本を見て懸命に作ることはなくなった。大体のことは身についたと思うし、二人ともあっさりした味のものが好きになったから、西洋料理や中国料理を頻繁《ひんぱん》に作ることもないからだ。

そんな料理のことを、瞑想や読経と同じように価値あることだとは、感じていなかった。私生活では、宗教行が一番の価値と思っていたのである。

明道尼は、「生きたみ仏に料理を作る」ことだと言い、「料理とは命を預かる仕事であり、何よりも大切な修行」だと語る。

料理の価値をそのように見れば、料理という修行によって得る恩恵は、沢山ある――

① 家族の健康に配慮し、家族が喜んでくれる満足感
② 予算や旬《しゅん》を考えて献立を立てる楽しさ
③ 時間配分に集中することの充実感
④ 頭と手先と体全体を使って何かを達成すること
⑤ 食材を無駄なく、生かして使おうと、謙虚な心になれること
⑥ 多くの人の手を経て、世界中から食物が与えられる幸せを感じること

私はこれらを、毎日毎日台所に立って料理を作る日々の中で、次第に会得し、感じるようになった。「家族のため」と思って料理するところから、そんな豊かな思いを得られるということは、何よりの幸せである。そう思えば、料理修行とは楽行だったと分かるのである。

だから私はこれからも読経もすれば瞑想もし、そして料理も作っていくのである。

自分が主役

　近頃の書店には、「どうすれば成功者になれるか」という内容の本が所狭しと平積みされている。職場での出世から、資格の取得、恋愛の成就、はたまた英語の習得法に至るまで、様々な分野にわたる〝成功法〟が、いかにも簡単にできるような見出しをつけて売られている。けれども、実際に手に取って中を読むと、そんなに簡単ではないのである。そのような風潮を揶揄《やゆ》してか、「成功するための本が多い割には、実際の成功者が少ないのはどうしたことか」という感想が新聞に載っていた。

　物事には効率の良いやり方や一定のルールがあるとは思うが、何事においても成功するには、自分に合うやり方をすることと、努力がいかに継続できるかが最も重要だと思う。人の体験から〝成功法〟を学んだとしても、そのための努力が続けられるかどうかで、成否は決まると思う。

ところで、「成功する」とはどういうことだろう？　生長の家では、人間は神の子であるという。「神の子」ということは、人の子が人であるように、神の子は、潜在的に神と同じ能力と性質があるということだ。この考えは、人間に対して全幅の信頼を置いている。けれども、ここで問題になるのは、「神の子」という場合の「神」をどう定義するかなのである。

人はみな「神」というものに対して共通の認識を持っているように思われがちだが、この言葉くらい、人それぞれが千差万別の考え方をしているものも珍しいと思う。人によって色々な神の捉え方があるのである。

にもかかわらず、多くの人に共通しているのは多分、神は偉大な存在で、大きな力を持ち、不可能なことはない――という認識だろう。ところが、このように神の偉大性を認めている人の中にも、「神は善悪を判断したり、神罰を与えたりするもの」と考える人もいる。こういう神を信じると、自分が悪を犯した場合には、神から罰せられたり、場合によっては神と戦うことにもなりかねず、なかなか安心して生活できない。つまり、神は〝恐れの対象〟となるのである。

私たちの目に見える〝現実〟と呼ばれる世界は、良いことも沢山あるが、悲惨なこと、予期せぬ不幸など、悪いこともいろいろある。全知全能であるはずの神が創《つく》った世界に、悪があるように感じられる。

しかし、生長の家では、私たちが現実に生活する世界は、神の創造ではなく、「人間の心によってつくられる」と考える。人間は神の子であるから、神が世界を創造したように、人間もこの現実世界を自分の心によってつくるのだ。こう考えると、現実世界の〝悪〟や〝不幸〟は動かしがたい強固なものではなく、人間の心が変わることによって変わるという〝柔軟な視点〟が持てる。そこから、自己反省と、よりよい世界実現への希望と努力が生まれるはずだ。

私たちの目に見える〝現実〟と呼ばれる世界では、すべてのものが変化する。悪が善になったり、不幸が幸福に変わることもある。そのことを私たちは今、ありありと実感しているのではないか。

この一年余りの間に、石油の値段も株価も大きく変化したし、世界的な経済不況が訪れた。また、前日まで元気に生活していた人が、交通事故や急病で帰らぬ人となることもある。季節の変化は、次々と違う花を咲かせ、果実は実り、やがて葉は落ちる。私たちを取り巻く環境は日々変化し、決して昨日と同じではないのである。

そんな変転めまぐるしい世界の中に「神の意思」があると考えると、人間の心に平安が訪れるのは難しい。

生長の家では、神が創った世界は、目に見える現実の世界ではなく、私たちの五感では感じることのできない〝理念の世界〟だという。神は、唯一絶対の実在で、その神は「善一元」の神である。つまり、神の創造になるものはすべて「善」だと考える。だから、そこには悪は存在しないのである。さらに、神は〝天上高く〟や〝十万億土の彼方〟などの、人間から遠く隔たった場所に存在するのではなく、人間の生命の〝本質〟としてあると考えるのである。

私たち人間は、内に神の命を宿すものであるから、一人の例外もなく、現実の不完全にもかかわらず、幸福を求め、進歩を願い、完全性を求めている。だから「成功者になる」本が巷《ちまた》に溢《あふ》れるのである。

ところがこの完全性を求める気持は、現実の世界の不完全さを目にすると、くじけそうになることがある。また、そんな思いがあることを忘れてしまう場合もある。目には見えない自分の可能性を信じて努力することは、決して簡単なことではない。

私はかつてＴＯＥＩＣ（Test of English for International Communication）のテストを毎年受けていた。得点の目標を定めて勉強を続けていたのである。このテストは、毎年の日程が決まっているから、予定が組みやすい。そして、結果はきちんと点数で出てくるから、どの部分が良く、どこが足りなかったかもよくわかる。だから、期待外れの点数を取っても、次への具体策を立てやすい。

ところが神の子の可能性は、この種のテストとは違い、自分の外側に具体的な〝基準〟や〝点数〟としてあるわけではないので、何に焦点を合わせて努力すればいいか、一見して分からないかもしれない。

しかし、その基準は、本当は自分の中にあるのである。こうあれば良い、こうすべきだとの基準――「理想の姿」というものは、私たち一人ひとりの中にある。まず、そのことを自覚する必要がある。確かにその理想と、現実の自分を比べると、「道は遠い」と不安になるかもしれない。けれども、躓《つまず》きながら、足踏みしながらでも努力を続けるうちに、苦しい努力が、やがて「楽しみ」になり、さらには「生きがい」にもなるのである。

自分が自分の可能性を生きなければ、私たちの人生では、本当の意味での「自分の生」は始まらない。〝美しい世界〟を見たければ、それを観《かん》ずる努力を自らがしなければ、誰も助けてはくれないのである。人生の主役は自分である――それが「人間が神の子である」という意味だと思う。

ブログ始めの記

インターネット上に書く日記をブログという。このブログは、気軽に誰でも自分の日常を書きこむことができるので、人気が高い。延べ人数ではあるが、ブログの書き手「ブロガー」は、二〇〇九年一月末の調査で二六九五万人（『朝日新聞』二〇〇九年七月十一日）もいるそうだ。これが世界になると、大変な数である。

政治家や、芸能人、スポーツ選手、学者、作家などから一主婦まで、ありとあらゆる種類の人が書いていて、誰でも見ることができるから、その影響力は計り知れない。だから当然、良い方向にも大きな力を発揮するが、悪い方向に向かうと、大変重大な出来事を起こすきっかけにもなるだろう。

私の夫は、このブログを二〇〇一年から書いていて、それがすでに十三冊の本になっている。ブログが元になって出版される本も多い。

そんな夫や家族から、私にもブログを書くようにと、随分前からすすめられていた。私は自分の個人的な生活や、自分の考えを公にして、毎日せっせと書くような、こまめなことはできないし、そんな暇はないと考えていたから、全然相手にしなかった。

ところがここ数年、私の夫は生長の家の講習会で、自分の感動や、喜びを、自分だけのものにせず、多くの人と共有することの大切さを、人々に訴えていて、私はその考えに異論はなかった。

その大きな理由は、マスコミをはじめとして、多くの人々には物事の悪い面を強調する傾向があるから、社会の〝光明化〟のためには、その逆をする必要があること。また、現在人類が直面している地球温暖化の原因の一つは、主に先進諸国の人々が、便利で快適で物質的に満たされた生活を「もっとほしい、もっとほしい」と追求してきたからで、この「ほしい」という思いを駆り立てるのではなく、すでに与えられている恵みに感謝し、喜ぶ生活が重要だと気づいたからである。

欲望追求が生活の目的となってしまう原因は、人間の幸福が、物質的なものから得られると思うからだ。また、自分の周りには、不満に思うこと、不満足なこと、欠陥や不足ばかりがあると思うと、それらの〝マイナス面〟を、外から何かを付け加えて補おうと考えるようになる。

けれども、そういう〝マイナス面〟とは逆の方向を見れば、本当は私たちの周りには、良いこと、ありがたいこと、恵まれたことが沢山ある。日常の中で、そういう〝プラス面〟に気がついたら、自分で一人占めしないで、人にも伝えることにより、喜びが共有され、時には倍加して返ってくる。こういう動きが広がっていけば、社会全体を明るい方向に変えていく力になるに違いない——このような意味のことを夫が言うのを、私はしだいに無視できなくなってきた。

が、その一方で、ほぼ毎日ブログを書いている夫を実際に見ていると、そんな芸当は私には到底できないと思うのだった。

例えば、私たち夫婦は、ほとんど毎週末、生長の家の講習会に出かける。終了後、車や列車、飛行機を乗り継いで帰宅するのは、大体夜九時や十時になる。一日講習会に出席し、講話をし、帰ってくるのだから、もう後は寝るだけというのが、普通であ

ブログ始めの記

2009年６月　自宅にて

る。そんなときでも、夫は帰りの乗り物の中でパソコンを出して、ブログを書き、家で仕上げをして、インターネットに登録したりする。その内容も半端ではない。そんな夫を見ていて、その意欲というか、元気はどこから出てくるのだろうと、私には理解できなかった。講習会の帰りなど、私はゆっくり休みたいだけだった。

自分が感じた喜びや感動を人にリアルタイムで伝えることの大切さ、それをすべきだという理屈はわかる。けれども、「私には無理」という思いは随分長く続いた。そんな中でも、昨年の四月頃、私も簡単なものを非公開で始めてみようかと試みたが、慣れないこともあり、時間がかかりすぎて、すぐに挫折した。夏ごろにも再度挑戦してみたが、やはり続かなかった。

そんな私が、今年の六月初めから、ブログを始めてほぼ毎日書いているのは、自分でも驚きである。それは多分講習会で、毎回夫の講話を聴き、明るい話題を提供することの大切さを聞き続けた結果、怠け者の私も、腰を上げなくてはいけないと思ったからである。

私は、自分のブログで、毎日の朝食や夫のお弁当を写真入りで紹介している。それから、庭の花や、講習会の旅先で印象に残った風景、建物などである。食事やお弁当作りは、家庭の主婦なら誰でもしていることで、特に人に見せるものでもない。けれども、私の場合は、仕事や何かで案外多忙な日々を過ごしているから、家事もなるべく効率化しようと、工夫を重ねてきた。そういうことが、同じような生活をしている人に、ささやかでも参考になればと思い、公開している。

また、現代は人々が忙しい生活をするようになり、それに応えるように、家庭で料理をしなくても、何でも手に入るようになったから、家庭料理がおろそかになっている。さらに、肉料理が主になっている家庭も多いと思う。が、私は牛肉、豚肉は一切使わない料理をしている。牛肉や豚肉を使わなければ、料理ができない、おいしいものが作れないと思っている人には、参考になるかもしれない。

家庭料理がおろそかになることや、肉料理中心の食生活は、地球温暖化と大いに関係している。デパート、スーパー、コンビニなどで売られている料理は、ほとんどが安く手に入るもので作られる。そのため、フード・マイレージの数値の高い外国産のものが使われることが多い。

フード・マイレージとは、その食品が産地から食卓まで運ばれる距離を言う。遠いところから、飛行機やトラックなどで運ばれたものは、それだけ二酸化炭素を多く出しているのである。だから、「地産地消《ちさんちしょう》」が言われるのである。また、総菜などは、石油から作った使い捨て容器に入れられるので、それも大いに問題である。

牛や豚は、それらを飼育するための広い放牧地の確保と、肥育《ひいく》のための穀物飼料の栽培が、森林伐採や化学肥料の消費につながる。また、穀物は、人間も食べることができるものなのに、それを牛や豚に食べさせて、よく太った牛や豚を豊かな人々が食べるのである。これは、間接的に餓えている人の食料を奪っていることになり、動物に対してだけでなく、人類の同胞に対しても随分残酷なことなのだ。

ブログを始めて改めて感じるのは、当たり前の毎日の暮らしにスポットを当てることにより、自分の生活が客観的に見られるということだ。つまらないと思っていたことが、かけがえのない大切なものだと気づくこともある。いつまで続くか不安だが、ブログを見た方からの反応があって、それが書く側の大きな励みになることを知った。夫が講習会の後の疲労を押してブログを書く理由が、少しわかった気がした。おかげで私はこの一カ月、寝不足気味の日が続いているが、人々との交流は大きな楽しみになっている。読んだ方から、喜びを与えられているのである。

無為もまたよし

二〇〇九年の夏は短かった。

九月の初旬には、秋の訪れをはっきりと感じた。実際に気温が例年より低かった。が、それ以外にも夏を短く感じた理由がある。それは私が、七月後半から八月半ばまで、南米のブラジルに行っていて、あのジットリとした〝日本の夏〟をあまり経験しなかったからだ。滞在したサンパウロは、冬とは言え日本の春のようでとても過ごしやすかった。また、途中で訪れたアマゾン河口の町ベレンも、恐れていたほどではなかった。赤道直下だから〝灼熱《しゃくねつ》〟の暑さを予想していたが、日中の気温は四〇度ほどにはなったものの、空気が乾燥していたから、木陰や軒下に入れば、爽やかな微風も感じられた。だから、八月半ばの帰国時には、「さあ、日本の夏だ」と覚悟をした。

ところが、日本に着いた日の夜は秋のような涼しさで、拍子抜けした。涼しいのはうれしかったが、こんな気象の変化で世界は大丈夫なのかと、複雑な気持になった。その後また蒸し暑さはぶり返したが、その合間に、涼しい日も来るのだった。

彼岸花は、その名のとおり普通、九月二十日前後に咲くものだが、今年は「例年より六日も早く咲いた」とラジオが報じていた。わが家では、九月十日に最初の花が咲いた。その頃は澄みきった秋晴れの下、カラッと乾燥したとても過ごしやすい日となった。「秋ってこんなに爽快な季節だったかしら」と、私は秋を初めて経験した人のように、心がうきうきした。

そういう日には、都会を離れて、どこか自然豊かな場所へ行きたいという気持になる。が、九月初旬は原稿の締切をいくつも抱えていたので、居間のサンルームから狭い空を見上げてため息をつくほかはなかった。

そんな頃に、清川妙《きよかわたえ》さんの古典文学の教室が重なった。私は月に二回、新宿のカルチャーセンターでの清川さんの講座をとっている。だから、これから先は「先生」をつけて呼ばせていただく。私は仕事の関係もあって、先生の講座に出席できるのは、月一回ということもある。が、古典の世界を知る楽しさと、清川先生の自然体の話が面白く、この講座をいつも心待ちにしているのである。

その日の講座は、先生が『いきいき』という雑誌に書いている原稿の話から始まった。その内容は、堀辰雄の随筆集『大和路《やまとじ》』についてだった。

清川先生は山口県の生まれだが、奈良女高師（現奈良女子大学）へ通ったから、『大和路』に出てくる土地はなじみの場所だ。そして、この作品を何度も読んだという。ところが、これまで重要なことに気がつかなかった。それは、堀辰雄が『大和路』を書いた時期は、清川先生が女高師に通っていた時期と重なるということだった。またその時、彼は小説を書くために奈良に滞在していたにもかかわらず、お寺めぐりをしたり、付近をぼんやり散歩したりして過ごし、一向に目的の小説を書き始めなかったということも、先生は気がつかなかったという。そういうことは皆、この随筆集に書いてあるのに、である。

さらにもう一つ、清川先生には発見があった。それは、あんな大作家でもなかなか書けない、ということだった。その様子は、自分とそっくりなのだった。清川先生は

無為もまたよし

2010年10月　清川妙先生の古典教室の日に

今回、堀辰雄について書かなくてはならないのに、文章がなかなか進まず、家の中でやれ紅茶でも飲もうかと立ち上がったり、少し疲れたからベッドで休もうと考えたり、また飼い猫を見ては、「猫は原稿がなくていいなあ」と思ったらしい。こうしてダラダラと無為の時を過ごした自分と、大和路をめぐる堀辰雄の行動が似ているので、「私がこうしてウロウロしているのも、当然ね」と思ったというのである。

私は、この清川先生の話を聞いて、大いに慰められた。

実は私は、九月の最初の十日間に、書くべき原稿を短いものを含めて四つも抱えていたのだ。それに加えて、一時間の講話の予定が入っていた。こんなことは特別である。目の前に越えなくてはならない高い山が、いくつも聳《そび》えているようで、ほとんどパニック状態だった。そんなときに、この話を聞いたからである。

私は、自分以外のプロの人は、エッセイなどを書くとき、皆スラスラと書くのだろうと思っていた。私は、エッセイの締め切りを控えていても、ああでもないこうでもないとテーマを決めかねて、書くことをぎりぎりまで延ばしていることが多い。アイデアが浮かんで来ても、そんなのは良くないとか、最後まで書けるかどうかわからないなどと、躊躇《ちゅうちょ》する。そしていよいよ締め切りが迫ってくると、何しろ書かなくてはならないからと、覚悟をきめて取りかかる。すると不思議なもので、いろいろとアイデアや発想が浮かんでくるのだった。

昔から、「急ぎの用事は忙しい人に頼め」と言われる。時間のある人は、のんびりと構えていて、時間に余裕があるからと、一向に物事を片づけないものだ。ところが忙しい人は、自分の使える時間が限られていることを知っているから、目の前の問題からテキパキと片付けていく。後廻しにしないことが、効率のいい仕事に結びつくのだ。

私は今回、五つの仕事を全部こなせるかどうか不安だった。それでも気を引き締めて、一つずつしていくしかないと覚悟を決めた。そして、寸暇《すんか》を惜しんでコツコツと取り組んでいった。やがて、三つが終わり、あとは短い原稿と、毎月の二千四百字の原稿だけになった時、清川先生の話を聞いたのだ。何か自分のために話してもらっているようだった。

この経験から、いつも極限状態に自分をおいたら、さぞや物事ははかどるだろうと思った反面、そんな生活が続いたら、やはりどこかに逃げ出したくなるだろうと思った。人間は機械ではないから、懸命に脇目も振らず何かをする時があってもいいが、その達成感を味わったあとには、やはりゆったりとした時間が必要だと思う。そしてその休息が、またつぎの懸命な時間につながっていく。

こんな考え方をするようになったのは、案外最近である。それまでは、いつも一所懸命なのがいいと考えていた。けれども、それは頭の中だけにある〝理想像〟で、実際の私は、そういつも脇目も振らずに日々を過ごしてなどいない。にもかかわらず、「常に一所懸命に生きるのがいい」と頭の中に刷《す》り込んであるから、そうでない状態の自分を怠け者のように思っていた節がある。随分不自然な考え方だったと、今は思う。

大小説家、堀辰雄も、清川先生も一見、ムダと思われる〝無為の時間〟の中から、香り高く豊かな作品を生み出している。そう考えれば、無為もムダではないのである。

結婚は前に進むこと

私と夫は、二〇〇九年十一月には結婚三十年を迎える。その間には、子供の誕生、成長、夫の転職など様々な出来事があり、長いように思えるが、その一方で、短い時間であったとも感じる。

そんな矛盾した感覚を伴う結婚生活は、また不思議なものだ。なぜなら、人は結婚すると、その相手と（多くの場合）一生共に暮らすからだ。私たちは、家族でも兄弟でもない〝赤の他人〟であった人と、何事もなければ、誰よりも長く生活をともにする。生まれも育ちも違う男女が、あるきっかけで知り合い、生活をともにしたいと惹《ひ》かれあう。この人と一生過ごしたいと思うのが、結婚である。

近年の日本の離婚率は、約三組に一組だという。その数字を聞いて、私は驚いた。

子供が独立したあとのいわゆる〝熟年離婚〟が盛んであると言われることも多いが、実際には、熟年離婚は全体の二割で、残りの八割は二十代、三十代の離婚だそうだ。

最近、この離婚についての悩みを聞いた。それは、先日の生長の家講習会のときだ。講習会では午前の総裁の講話に対して、質問をすることができる。寄せられた質問の中にこんなのがあった。三十代の女性からだ。

生長の家の本を読んでいると、夫婦調和の話ばかりで、離婚経験者の私はつらく、生長の家をやめようかと悩んでいる。

この質問のように、午前の講話と関係がない個人的なものには、総裁は通常答えない。講習会という半ば公の場では、質問者が具体的な事情を省略することが多いので、正しい答えが難しいからだ。だから、受け付ける質問についても「午前の講話に関して」という条件がつけられている。が、それでも時々個人的な質問も寄せられる。質問者にとって切実な悩みだからだろう。

結婚は前に進むこと

2009年11月　結婚記念日を祝う、横浜にて

総裁はこう答えた――生長の家では離婚を好ましいとしてはいないが、まったく否定しているわけでもない。離婚した人は、とかく相手を恨んだり悪く思いがちだが、相手は人生の掛けがえのないレッスンを与えてくれた人だから、感謝し、結婚生活での経験から学び、それを肯定的に受け止めることが大切だ。そのような心で生活すれば、また新たな出会いがあるかもしれない、と言った。

生長の家では、妻は夫に従うことが家庭調和の秘訣だと、色々な場面で説いている。そうすると、夫と意見が対立したり、夫を理解でききず、尊敬できずに離婚した人の中には、自分の行動を非難され、責められているように感じる人がいるのかもしれない。

結婚の当初は、夫も妻も幸せな家庭を築こうとの希望に満ちて、新生活をスタートさせたはずである。また、何事でも、互いに相手の喜ぶように考えてするものである。ところがやがて、日常生活はドラマや映画とは違い、本来地味なものであり、また幼児期から二十年以上も別々の人生を歩んできた二人の性格は、違うものだとわかってくる。

この頃から、意見や習慣の相違で二人はぶつかりあうかもしれない。そんなときは、よく話し合うことが必要だ。

私自身の結婚生活でも、当初は行き違いがあった。夫の考え方がわからなかったり、物事に対して自分とは違う対処の仕方に戸惑うこともあった。そんな時私たちがもっとも大切にしたのは、心の中に不満をためずに話し合うことだった。人間はどんなに近い関係でも、話をしなくては理解できないものである。これは、相手に対してだけでなく、自分についても言える。

「言わなくても、わかるだろう」

「気持を察してほしい」

愛し合って結ばれた相手であるほど、そう思ってしまいがちだ。が、理解し、理解させる努力をしないのは、相手に対する甘えである。

生長の家では、夫と妻の意見が対立した時には、妻は「夫にハイ」と従うのが善いとされる。私たちは「人間は平等」と教わってきたから、そのことに反発を感じ、不合理に思う女性もいるに違いない。私自身も若いころ、「それでは私の人生はどうなるの？　私の人格は？」などと思ったものである。

しかし、「夫にハイ」という意味は、妻だけが人生の割りの悪い部分を受け持ち、召使のように夫に従うだけの人生を送れということではない。夫婦は利害関係で成立しているのではない。妻が何かをしてあげた見返りに、夫が何かをしなければならないという関係ではない。ところが、夫婦生活をそのように受け止めている人もいる。

妻が「夫にハイ」と言うためには、意見が違った場合には十分に話し合い、相手を理解することが必要である。その上で、妻は夫の幸福を願い、夫が望むことをなるべく叶えてあげたいと思い、前向きの姿勢で「ハイ」と言う。夫の考えや希望を理解しないままに、やみくもに後退してはいけないのである。

ここで、妻から見て夫が明らかに間違っていると思える場合はどうするか、という問題が生じるかもしれない。しかし、夫婦は〝合わせ鏡〟のようなものだから、夫は、妻が心で認めている通りに現れているのである。このことは、夫の側からも同じことがいえる。だから妻としては、夫の素晴らしさを心で見る努力を続けることにより、夫本来の素晴らしい姿が現れると信じて、彼の神性を拝む必要がある。

結婚の意義と理想は、生活を通じてお互いの人格を向上させることであり、相手の幸福のためにお互いを捧げ合うことである。そのように考えれば、妻の立場では、夫の願いや理想を叶えるために、できる限りのことをすることになる。それは、夫への隷属ではなく、妻からの積極的な働きかけであり、自分主体の人生である。「夫の願いを叶えよう」「相手の幸福生活のために、努力しよう」――妻のそんな心は、夫をして「妻の喜ぶことをしてやりたい」と思わせるものである。

結婚相手というのは、ただ偶然に出会った男女ではない。他の誰でもよかったというような関係ではないのである。結婚生活によって、互いの人格を向上させるのに最も相応《ふさわ》しい相手として、二人は夫婦になったのである。その深い意義を知り、「相手のために」と思いやりながら与え合うとき、結婚生活はより強固となり、新たな光を得て前へ進んでいくに違いない。

ゆっくり歩けば…

「この電車で行くのが、一番速いわ」

「そっちの抜け道が、速く行けると思うよ」

「速く用事をすませて、色々なことをしないと」

「速く、速く」は、私たちの暮らしにしっかり根付いている合言葉のようである。

子供が小さいとき、風邪をひいて熱にうなされたことがあった。

「夢を見たの?」

と聞くと、

「速くしろオバケが出てきた」

と言った。

どんなオバケかと聞くと、「速くしろ、速くしろ」と言いながら追いかけてくるのだという。

私は、風邪で弱っている子供を見て、反省した。自分では意識せずに「速くしなさい」と、子供を急《せ》かすことが多かったのかもしれないと。

東京に暮らしていると、例えば山手線にしても、地下鉄や各私鉄などの電車も、数分置き、長くても十分と待たない間に来る。近頃は新幹線の「のぞみ号」も、十分から十五分置きに走っているので、山手線並だと思うことがある。

あんなに高速で走る新幹線が頻繁《ひんぱん》に走っても、通常は一分の狂いもなく駅に到着するのだから、日本の鉄道技術というか計器や人の厳密さは、大したものだとつくづく思う。

一方、田舎では今、列車は大幅に削減されたり、場所によっては廃線にされたところもある。だから、列車が一、二時間に一本とか、バスは朝と夕方に何本かあるだけという地域もあるようだ。そういう場所に住む人の生活と、都会生活者の暮らしのテンポは、随分違うものなのではないか。

もっとも、近頃の田舎では、たいていの人が車で移動しているため、家庭での車の所有数は、都会より田舎の方が多い。公共交通機関が不便なため、家族のメンバーがそれぞれ車を持っているからだ。車で動き回る田舎の人は、頻繁にホームに入る電車に合わせてセカセカ動く都会人より、余裕があるかもしれない。自分のペースで行動できるからだ。けれども、いずれにしろ都会、田舎に関係なく、人々は昔と比べてスピードを上げて動き回っているのだ。

もし山手線が三十分に一本で、新幹線は二時間置きにしか運行されなかったら、どうだろう——と私は想像する。私たちの生き方は多少、変わってくる。物事をじっくり考える暇もなく、次から次へとやってくる電車のスピードに合わせて、次の目的地へさっさと移行する生活。そういう心のモードに象徴される生き方とは、少し違ったものになるだろう。

私自身も、次々と物事が効率良く運ばれていくことが、良いことという習慣が、しっかり自分の中に根付いているのを感じる。効率よく物事が運ぶことを第一にしていると、生きる喜びがあまり感じられず、自分の周りにある、様々な豊かさに気づかないことが多い。次に、こんな状況を考える――高速道路を利用して、どこかに出かけるとする。おかげで、短時間で移動できる。ところが、その同じ距離を、一般道を使うと、掛かる時間は二倍から三倍になる。そうすると、時間を無駄に使ったように感じる。けれども一般道を通ると、町の様子や人々の暮らしが、よくわかる。さらにそこを徒歩で行けば、人と人とのふれあいや、季節の花、町の様子、川の流れ、住人の暮らし方、畑の作物、学校に通学する子供たちの様子など、数限りないものを感じ、知ることができる。この直《じか》に感じる人や環境とのふれあいが、本当は私たちの生きる喜びにつながるのである。それが、現代のスピードアップした生活では、感じにくいのだ。

効率の良い生活は、短時間で多くのことが処理できて、素晴らしいことのように思いがちだが、そこから、心の余裕が奪われ、生きる喜びが感じられなくなり、現代人に多いとされるストレスやうつ病などにつながりやすい。

いま生長の家では「日時計主義の生活」を皆さんにお勧めしている。これはどういう生活かというと、自分の周りに起こる様々な出来事の中で、良いことだけを心に強く印象づけて、そのことに感謝する生活だ。

一般に人は、いつも現状に満足せず、「もっとこうありたい」「こうしたい」などと思って、目の前にないものを求めていることが多い。それは結局、「不足」や「欠乏」の思いにつながり、幸せや喜びを実感できない。

そういう、「ここ」ではない遠くを見つめたり、ないものを求めたりせず、今あるありのままをしっかりと見つめ、感じると、多くの人が、今の自分の幸せに気がつくはずだ。それが、「日時計主義の生活」である。足りないものとか、ないものを欲しがるのは、「外から何かをつけ加えなければ」という欠乏感であり、一種の〝思い込み〟なのである。本当に自分の心からそう願っているのではなく、何かが加えられることが幸福に繋《つな》がるという、〝自分勝手の幻想〟と言っていいかもしれない。

「ゆっくり歩く」ということに象徴される、今を丁寧に生きることにより、目の前の多くの恵みに気がつくはずだ。

私は「ゆっくり歩く」実践の一つとして、朝庭に出て、何か花をさがして朝食のテーブルに飾る。ほんの小さな一輪ざしの器にいれるから、つゆ草でもカタバミの花でもよい。そうすることで、朝の食卓がその日のために新しく整えられた感じになる。豪華な花はなくても、生活の喜びはそんなささやかな自然とのふれあいからでも、得られるのである。

目の前のしあわせ

駅ビルの中にある花屋さんの横で、とても良い香りがした。

屋外は真冬の寒さだが、花屋の店先には、早やピンクや黄色に開花したチューリップが、やや前かがみの姿勢で並んでいる。ユリやバラの花もあったから、香りはそれらの花からも来たのだろう。私は一瞬幸せな気持になり、まだ来ぬ春の訪れを垣間見《かいま》た気がした。

何を幸せと思うかは人それぞれで、その人の価値観に左右される。私は、抜けるような青空、煌々《こうこう》と輝く月、茜《あかね》色の夕焼けや、雲、木、花などから、幸せをもらうことが多い。歳を重ねたせいかもしれない。が、周りにある自然から、ふんだんに幸福感を得られることは、とてもありがたい。

若い頃の私は、こんなではなかった。

私は小学生のころから、生長の家の集まりに参加していた。そこでは、「人間は神の子」だと教えられ、無限の可能性をもった存在であるから、「不可能はない」とも言われた。その言葉を文字通り信じた私は、自分の可能性に挑戦するつもりで若い時代を生きた。

その時代は、政治的には東西冷戦のただ中で緊迫した時代であったが、経済的には日本が高度経済成長を目指してまっしぐらに進んでいた。今日よりは明日、明日よりは明後日が豊かになる時代だったから、神の子の「無限の可能性」という考えは、若者が抱く希望とも相まって受け入れやすかった。が、一方では、冷戦下の緊張感があった。私はその中で、共産主義の脅威から日本を守るためには、自分の人生を捧げてもいいというような、思いつめた気持も持っていた。

その頃の私は、若者が一般にそうであるように、多分に自己中心的で、信仰者というよりは活動家であり、その生活ぶりも「信仰生活」と呼べるか疑わしかった。未来には沢山の可能性が待ち受けているように見えたし、様々な欲もあった。何かに急《せ》き立てられていて、静かに自分の内面を見つめるようなことはなかった。そして幸せとは、何か野心的な目標が達成できたときに得られるものと思っていた。

しかし、そんな私は結婚すると、子供を育てる中で、生長の家の教えを実際の生活の中で生きようと努力するようになった。すると、〝甘いささやき〟のように聞こえていた「人間は神の子である」という教えは、本当は、自分の人生はすべて自分の〝作品〟であるという意味だとわかるようになった。浮ついた「自己実現」の夢ではなく、「自己責任」の現実を見るようになったのである。それは、自分の周りに展開する環境——人や自然現象——は自分の心の反映だと気づいたのである。また「神の子である」ということは、現実の自分が不完全な姿を示していても、その〝奥〟には「完全がある」ということだ。だから、自分は同じ「神の子」である周りの人々やものによって生かされ、すでに幸せを与えられている、と理解できるようになった。

人間社会で「一人一人は孤立していない」ということが分かると、人類が自然環境の中でも孤立していない、と気がつくものである。

自己実現を目指していた若い私は、自然界や環境は自分とは関係なく、そこにある

目の前のしあわせ

2010年10月　福井にて

ものだと思っていた。私の中では「人間と自然」の関係は、人間が世界の中心であり、周囲から何かを得ることでより豊かになる。また、〝快適な環境〟をつくるのは人類の進歩の結果であるから、そのために経済発展を続けることは何の問題もない、と思っていた。

ところが、二十世紀の終わりごろから、地球環境問題が意識されるようになり、それを解決していかなくては、人類の生存そのものが脅かされることが分かってきた。科学技術と経済がいくら進歩・発展しても、人間は幸福にならないということを理解したのである。人間は自分の力だけで生きているように思っても、周りの自然環境によって生かされている。例えば樹木や花などは、私たちの生活に潤いを与えてくれ、生きる力さえ与えてくれる。このようなものの見方は、人間と自然との密接なつながりを知ることによって得られた。そしてこの考え方が、今人類に求められていると知るようになった。なぜなら、私たちが直面している、地球温暖化の問題は、ここにはない幸せ、何か特別なことがないと感じられない幸せを追い求めてきたことに原因があるからだ。

目の前にある幸せを見つける秘訣は、心の思い煩いをなくすことだ。この思い煩いは「何かが足りない」という不安感から来ることが多い。だから、「足りない」ことではなく、「与えられている」ことに心を振り向けるのだ。そうすると、すでに周りにある多くの恵みに気づき、感謝することができる。この生き方は、温暖化の問題だけでなく、多くの個人的問題の解決にもつながる。「そんな簡単なことで……」と皆さんは疑うかもしれないが、毎日これを実行するのは、そんなに簡単ではない。が、それを続けていると、必ず喜びに満ちた、伸び伸びとした日常生活が展開していくのである。

桜月夜

「春は名のみの風の寒さや」

――早春賦《そうしゅんふ》のこの歌詞は、二月末から三月にかけての季節をよく表している言葉だ。やがて三月も末になれば「寒さ暑さも彼岸まで」というように穏やかな春となる。

私の幼い頃、冬は今よりもっと寒かった。気温が低いだけでなく、家の中の暖房もあまりなかったからだ。そんな冬の朝、父はよく家の横の道で焚《た》き火をしていた。すると、近所の人や通りがかりの人がその周りにやってきて、暖をとる。誰もが忙しい朝のことだから、少し火の近くで暖まりながら話をして、去っていくのである。人と人のつながりが強かった時代で、思い出すと懐かしく、心が温かくなる。

父の戸外での焚き火は、近所づき合いを大切にしたからだろう。家を暖めることもできただろうに、外で火を燃やすのは、寒中に人に暖を与えてホッとさせ、会話を誘う――そんな人との関係が好きだったからに違いない。

東京の原宿に住んでいる私にとって、ご近所との関係は皆無と言っていい。周りは商業ビルばかりで、夜はビルの管理人がわずかにいるだけだ。たとえ住人がいたとしても、大抵は建物の最上階に住んでいて、ほとんど出逢うことはない。家の南にあるビルは一階が店舗になっているが、表通りから少し入っているので、目立たない。だから客の入りが少ないためか、頻繁《ひんぱん》にテナントが変わる。今も空き店舗になっている。そのビルの二階以上は事務所の看板が出ていて、人が住んでいる気配はなかった。

ところが最近、このビルに若い夫婦が住んでいることがわかった。それを知ったのは夫である。私たちの住んでいるところは商業地域なので、ゴミは毎日出すことができる。が、ゴミはなるべく作らないように心がけていて、生ゴミは庭のコンポストに入れる。だからゴミ出しは、週に一回ぐらいである。それを、夫が朝七時過ぎにしてくれる。

ある時、ゴミ出しを終えて帰ってきた夫が、

「若い夫婦に挨拶されたよ」

と言った。

夫の話によると、その夫婦らしき男女は南のビルの階段を揃って降りてきて、男性の方は自転車に乗って仕事に出かけて行く風情《ふぜい》で、女性は手を振って見送ったという。そして二人とも、丁寧に朝の挨拶をしてくれたという。

その話を聞いて、私は少し驚いた。そのビルには、人が住んでいないと思っていたからだ。

その後、私たちは夫婦でゴミ出しをする日があった。家の片づけで、ゴミが沢山出たからだった。その時、くだんの夫婦に会い、挨拶をされた。

ちょうどタイミングが良かったのだ。冬の朝だったから、見送る側の妻はダウンジャケットを着て、自転車で表通りへ向かう夫に手を振っていた。

家へもどった私たちは、一緒に詮索《せんさく》を始めた——あの二人は、何の仕事をしているのか。そんな朝早くから行く職場は、どこか。あのビルのどこに人が住めるのか。お風呂や台所の設備はあるか……湧いてくる疑問に、謎は深まるばかりだった。

前にたまたま目にしたそのビルの賃貸料《ちんたい》は、月百万円近くもしていた。そんな家賃を払えるのか。あの丁寧な挨拶の仕方から考えると、私たちが誰かを知っているのかもしれない。ビルのオーナーの関係者か？……

未だにその謎は解けないが、自分の家の近くに若夫婦がいて、顔を合わせば挨拶をするということが、なぜかうれしく感じられるのだった。そして、たまにゴミ出しに行ってもその夫婦に会わなければ、残念な気がして、心配にもなる。そんなことはごく普通のこと、と笑われるかもしれない。が、私の住んでいる周辺は、それほどに人の生活臭が感じられないところなのである。

人間関係が濃厚すぎると、煩わしくて逃れたくなる。特に小さな田舎町では、何をしてもすぐ町中に知れ渡ってしまい、隠しごとができないという。これでは息が詰まる。そんな状態は、私も勘弁願いたい。が、人間には、やはり人とのつながりが欠かせない。私たちは、人との関係の中で喜びや悲しみを味わい、豊かな人間性を育てられるのだ。だから、たとえ夫婦一組だけでも、〝お隣さん〟がいることはありがたいと思うのである。

私の住まいの周辺には「生活臭がない」と言ったが、昼間は人で溢《あふ》れている。渋谷のデパートなどに行くと、人とぶつかりそうになったり、エレベーターに押し込められることもある。昼夜のこの極端な差が、都会の特徴でもある。あまりに人が多いと、他人が〝邪魔者〟に見えたり、行く手を遮《さえぎ》る〝障害〟に見えるときもある。これは危険信号だ。

そんな人混みの中にあるとき、私はいつも少し離れた気持で人々を見て、「みんな自分と同じ人」だと見るように心がけている。たったそれだけのことで、自分の気持に余裕ができ、人をゆっくり待つことや、人に譲ることができるようになる。

与謝野晶子の歌集『みだれ髪』にある有名な歌が浮かんでくる。

「清水《きよみず》へ、祇園《ぎおん》をよぎる桜月夜、今宵逢う人みな美しき」

私は好きでよく口ずさむ。人生が幸せな時、人はこんな心境になるが、どんなときでも、心の余裕を失わず、桜月夜を見る気持で生きたいと思う。

宝の時間

「オギャー！」

この声とともに、赤ちゃんは生まれてくる。母の子宮の中で約十カ月を過ごしたすえ、狭い産道を通って、やっとこの広い世界に出てきたときの第一声——羊水での生活から、劇的な変化である。

私の場合、生まれた時にこの泣き声を出さなかったらしい。母は、自宅で私を出産した。昭和二十七年（一九五二）当時、そのようなことは珍しくなく、産婆さんが家に駆けつけて、出産を手伝ってくれた。私は三六〇〇グラムもある大きな赤ちゃんで、なかなか生まれてこなかった。そのため時間がかかり、難産となった。こういう場合、産道の中の子供も、何とか早く出たいと頑張るらしいが、時間がかかると苦しいそうだ。ようやく母の胎内から出た私は、しかし仮死状態だった。

幼いころ、その時の様子を母からよく聞かされた。泣かない私を、産婆さんは両足を持って逆さまに吊るした。そして口に水を含み、赤子の顔に吹きかけて、お尻をピシャピシャ叩いた。その動作を何度か繰り返したあと、赤子はやっと「フギャー」という頼りない声を上げたのである。

「ああ、拾いものをした」

というのが、産婆さんの安堵《あんど》の声だった。

その間父は、お湯を沸かしただけで、周囲をオロオロ、ウロウロしていたらしい。その場面は、よくテレビドラマなどに登場する若い父親の産室外の姿と重なっている。つまり、現実には私が知らないはずの場面が、あたかも知っているかのように記憶されているのである。一歩間違えば死産となる、随分危険な状態だった。

子供が仮死状態で生まれることは、昔はよくあったらしい。今では、出産が進まない場合は薬を使うし、母親や赤ちゃんが危険な場合は、帝王切開での出産も普通に行われている。が、かつてのお産は母も子も命がけで、当然新生児の死亡率も高かった。

私自身が出産した時は、最初は三重県・伊勢の実家にもどった。長男も出産時三六〇〇グラムと大きかったので、入院後出産まで丸一日以上かかった。いよいよ出産が近づいてきたときには、付き添ってくれた母が生長の家のお経である『甘露《かんろ》の法雨《ほうう》』を読んでくれたので、とても心強かった。

彼は私とは違い、「オギャー」と産声を上げてくれた。その瞬間、私はその子が「どこから来たの?」と不思議に思った。それとともに、子供は大いなる恵みであると思った。自分の住む世界が急に広く、豊かになったように感じたからだ。

時代や状況は違っても、母となる人は多かれ少なかれ皆、同じような感慨をもつのではないかと思う。「新たな生命が今、自分の手に委《ゆだ》ねられている」――この感動が、私の子育ての原点になっている。

実際の子育ては、しかし生易しいものではなかった。それまで自由に使えた自分の時間が、三時間おきの授乳などで束縛され、急に失われてしまう。全てが子供中心に時間が回り始める。これは経験のないことだから、戸惑いながら〝新しい不自由〟と格闘することになる。けれども、それは充実した時間でもある。話すことも歩くこともできない子供が、自分だけを頼りにしている。それは理屈抜きで強く感じられるから、母親は必死に子育てをするのである。

長男に続いて二年ごとに次男、長女と三人の子供に恵まれた。そんな彼らの子育ては、皆が成人して何年もたった今振り返れば、楽しい思い出ばかりが記憶の表面にはある。実際には、大変なことや心配したことも数多くあったはずだが、それらはあまり重要なこととしては記憶されておらず、子供の成長過程の〝普通の出来事〟であったと思える。それは、物事を深刻に受け止めない、私の楽観的な性格のせいかもしれない。しかし、「自分の子」という立場から一歩下がった気持になり、彼らを「一個の人間」として見るならば、何もできなかった赤ちゃんが、立って歩き話せるようになり、やがて目を見張るほどの進歩を遂げて、独り立ちしていく過程を、自分が共に歩めたという経験は、何事にも替えられない貴重で、豊かな人生の一コマであったと思う。

子育てから得るものは多い。「自分を与える」ことや「待つ」こと、また「譲る」ことなども身についた。肉体的には重労働で、自由時間がなかった代わりに、伸びゆく生命を肌身をもって実感することができた。また彼らと喜怒哀楽を共にし、気持のズレを調整するなかで、自分も成長した。自分の「願い」や「希望」を子供に押しつけていると、子育ては重荷や悩みのもとになることを知った。

私はあと一年少しで、還暦を迎える。それが今、信じられない気持だ。人生とはなんと短いものか、と思う。ある人は「人生は夢のようだ」と言ったが、振り返れば全てはアッという間の出来事のように感じられる。だからこそ、一瞬一瞬を大切に生きなければと思う。

子育ては短かく、凝縮された〝宝の時間〟なのである。

第3章

自然に生かされて

たそがれどき

西の空が赤く染まり、山の稜線《りょうせん》や雲のふちが夕日に反射し輝いて、鳥たちが家路を急ぐ。ほどなく夕闇は迫り、家々に明かりが点《とも》されだすと、にぎやかで活発に活動した一日との別れに、私は安堵《あんど》とほのかな寂しさの入り混じった思いをもつことがある。列車や車の窓から、旅の空の変化を眺めるとき、その思いは一層強い。こういう時間を、「たそがれどき」という。

先日、私は『めがね』という邦画を見た。先年見た『かもめ食堂』という映画がよかったので、同じ監督の二作目ということで、期待して見に行った。

この映画の主人公は都会に暮らす独身の女性で、仕事や都会生活の疲れを癒すために、南の島に一人でやって来たようだ。滞在するのは民宿で、宿の主人は特に仕事をしている様子はない。しいて言えば、家庭菜園に毛が生えたくらいの畑を耕し、野菜たっぷりの食事を作る。その野菜を近所の人にも分けるらしく、お返しとして、魚やエビなどをよくもらい、食卓にはいつもとれたての山海《さんかい》の食材が並べられる。

今の流行を行くような、スローライフ、地産地消《ちさんちしょう》、必要以上にものを持たず、お金を儲けない生活――そして、この宿の主人を初めとした土地の人々の大きな目的は、「たそがれる」ということだった。

「たそがれる」という言葉を辞書で引くと、①夕方になる、②人生の盛りを過ぎる、という二つの意味が出ている。けれども、この映画の中で「たそがれる」という意味は、少し違っていた。海辺の砂浜に置かれたベンチに座って、ただ時間を過ごすのである。何か特別な作業をするとか、人生を深く考えるとか、そんな目的を何ももたずに、ただそこにじっとして海を眺める。実際には、人間はいつも何かを考えているから、まったく「何もしない」のではないが、なるべく心を空っぽにして過ごす。これを「たそがれる」と、この映画の中では言っているようだった。瞑想に似ていると、私は思った。

都会からやってきた女主人公は、その無意味さにあきれてしまい、「こんな所にはいられない」とばかりに、島にもう一つある別のホテルに移動する。ところがそのホテルは、宿泊者に労働をさせる場所だった。畑仕事をさせて、「働いた後の食事はおいしいわよ」とホテルの女性は言うのである。

ということは、「たそがれる」ことを大切にする民宿とは、このホテルは対極にある。ホテルの畑で宿泊者が働くシーンは、自分を変えたいと願う人が、宗教団体や自己啓発セミナーの合宿に参加している様子を彷彿《ほうふつ》させ、その押しつけがましさを揶揄《やゆ》していた。

女主人公は「ここもまた私の求めるところではない」と元の民宿にもどり、観念してそこで休暇を過ごすことになる。

観光するところとて特にないから、無為に日々が過ぎていく。初めはなじめなかった彼女も、「たそがれる日々」を過ごすうちに、次第に人間としての本性が目覚め、人生で何が大切かを理解する――こんな感じの作品である。現代社会の一面を捉え、人々の心中の不満や不安を見透かしている作品だった。

たそがれどき

2010年12月　山梨にて

この映画に限らず、最近は書店に並ぶ雑誌も以前とは少し様相を異《こと》にしてきたように思う。お料理の本は、やたらに「健康に良い」「体に良い」ことを強調して、マクロビオティックや菜食が取り上げられている。また家事などは、「おうち仕事」や「ていねいな家事」「手作り」の洋服・小物の提案も多い。

こういう〝自然志向〟や〝手作り志向〟は先進諸国に共通しているのではないか、と私は思う。その理由をつらつら考えてみると、こうなる――

私たちは、生活に必要なものはある程度そろい、食事も不足なく、しかも冬にイチゴを食べ、夏にリンゴがスーパーの棚に並べられるなど、世界中からあらゆる食材が運ばれてくる。がその一方で、私たちの活動が地球環境を悪化させており、世界では中東を中心にして戦争やテロ、政情不安が続いている。加えて、アフリカや南アジアなどでは、貧困がまだ大きな問題である。そのような環境に生きている私たちは、「このままでいいのか?」という漠然とした不安感の中で日々を過ごしている。

だから、昔のように、家の仕事をていねいにして、あまり贅沢《ぜいたく》な食事はせず、野菜中心の食生活に帰ることで、〝罪の意識〟を減らそうとしているのではないか。

だが、そんなことをしてみても、一歩家を出れば、やはり世界中の食品が町に溢《あふ》れ、車も道路に溢れている。また、人々がより大きな家や車を持つようになり、電化製品も大型化し、機能は充実し、明らかに便利になっている。それらが「欲しくない」と言えば嘘になるし、買おうとすれば経済的な負担が重くなる。

こういう自己矛盾に満ちた生活から逃れるために、海辺の町で「たそがれる」のも一つの方法だろう。スローライフやスローフードの流行も悪いことではない。が、それが現実的な意味をもつためには、表面的に、形やスタイルを追うのではなくて、自分の生活を根本から見直す必要があるだろう。

前にも書いたことであるが、私は食品を買う際、なるべく近い場所で生産されたものを買うようにしている。日本の場合、食糧自給率が四〇パーセントというから、そんなことをしたら、食べるものがなくなって飢える人が出る、と単純には考えられる。しかし、地産地消を心がける消費者が増えれば、日本の農業を育てることになるから、やがては自給率の向上に繫《つな》がり、地方の活性化にも寄与するだろう。

また私は肉食――特に牛肉、豚肉を全く食べなくなって何年にもなる。最初のうちは、それらの材料を使った料理を食べたいと思うこともあったが、今ではそうすることは罪悪であり、また体にも害があると感じるようになった。これは、いわゆる〝条件づけ〟が私の中にされた結果であろうが、自分で自らを条件づけることは、欲望の制御だから悪くない。

人間は神の子だから、自己中心的な生き方をしていると、意識しなくても、自分自身が「ノー」というシグナルを発するものである。それは人間の本性の素晴らしさを示している。今社会に、ガムシャラに前を見て進んできた歩を止め、あるいは少し緩めて、自らの生き方を見直そうとする動きが出ているとしたら、それは欲望中心の生き方への拒絶感の芽生えだろう。その〝心の呼びかけ〟を正しく受け止め、有効に対処すれば、本当の意味での心の満足が得られるに違いない。

そのためには、正確な知識をもつことと、自分の行動を静かに省みる心のゆとりが必要である。そこから、真に環境や他の人々、さらには他の生物を犠牲にしない生き方が始まるのだと思う。

自然に生かされて

四月初め、東京に本当に春が来た。

ほんの数日前まで、気温は十度前後で、まだ冬の寒さが残っていた。が、急に暖かくて気持の良い季節になった。空気も、冬のような張りつめた厳しさから、いつのまにか、微《かす》かに花の匂いもする柔らかさに変わっていた。

わが家の庭にもさまざまな花が咲き、華やかで心弾む気分にさせてくれる。モミジの新芽の薄緑が空を覆《おお》い、その下では色とりどりの花が咲く——パンジー、ビオラ、ラナンキュラス、ユキヤナギ、ヤマブキ、シャガ、ハナニラ、レンギョウ、サクラソウ、マーガレット、チューリップ……。豊かに彩られた自然の豪華さは、私への大きな恵みであり、その恩恵ははかり知れないと思う。

鳥もいろいろ来る。カラスやスズメはもちろん、シジュウカラ、ヒヨドリ、オナガ、メジロ、シメ、ワカケホンセイインコ、ジョウビタキも来る。

その頃には、ソメイヨシノも咲きそろい、早くも花吹雪が散っていた。

都会の原宿に住んでいる私であるが、一歩路地を入れば、そこここにサクラの花が楽しめて、毎年のことながら改めて日本人のサクラ好きに驚かされる。今年のサクラは、開花宣言があってから気温が急に下がったので、満開までの日数が延び、二週間ほど楽しむことができた。通常は開花してから満開までは、一週間から十日前後である。その短さのせいか、日本人はサクラの中に埋もれていたいと願うのかと思うほど、沢山のサクラの木が植えられていることに気づくのである。

長い厳しい冬の後に、爛漫《らんまん》と咲き誇る薄桃色の花を見たい気持はだれも同じで、人々はサクラの花の下に繰り出す。「花より団子」という言葉があるけれど、「花も団子も」と、青空のもとでサクラを背にお弁当を食べる姿は、幸せな光景だ。

忙しい現代人にとって、屋外でゆっくり食事をするというのも、贅沢《ぜいたく》なことに違いない。サクラの花にかこつけて、人々がお互いの交流の機会も持つのである。日本のサクラの季節は、人々のさまざまな願いをかなえる、絶好の機会なのだろう。

こういう私も、サクラの咲き始めの頃、夫の母と新宿御苑にサクラの花を見に出かけ、また、満開が過ぎた頃には、夫と夜の青山墓地を歩きながら、はらはらと散る花吹雪を鑑賞することができた。

青山墓地は、東京の都心にある二六万平方メートルの墓地だ。東京ドームの五〜六倍の広さがあり、サクラの名所としても知られている。夫も私もサクラの季節に車で墓地の近くを通ることはあったが、ここの夜桜を見たことはなかった。夜の墓地にわざわざ出かける気にならなかったからだが、今年はたまたま近くに来たので、ついでに行ってみようということになった。

墓地の中は道路が縦横に碁盤の目状に通っていて、車も時々来る。道路の脇にはフェンスで区切られた歩道があり、街灯が照らしているから、夜の墓地という不気味さは感じられない。けれどもそれ以外にも車の通らない細い道が沢山あり、奥の方には暗い中に墓石が所狭しと立っているのが見える。歴史に登場する有名人のお墓も沢山あるから、古くていかめしい名前の墓石も目につくのである。

この季節、そぞろ歩く人が結構いて、私たちも人の流れに沿って進んだ。その内、前を歩く二、三人が細い脇道に入った。道路沿いの歩道ばかりではつまらなかったから、私たちもそれに続くことにした。するとその暗い中に、いくつもの人の輪があるのを発見した。これには夫も私も驚いた。

食べ物や飲み物もよく見えないし、少し肌寒い気温になっているのに、もの好きな人々もいるものだと思った。夜の墓地でのお花見という、非日常の感じが好きなのかもしれない。

サクラの季節の人間の営みが、心と体に及ぼす影響について、二〇〇九年四月四日の『日本経済新聞』に「桜便りがやる気生む」という見出しの記事が載っていた。医師の平石貴久さんのもので、一部を引用すると——

満開に咲き乱れる美しい桜の花を見ると、なぜかうれしくなるのはドーパミンの大量放出の効果だろう。ストレスの多い現代社会では、心を開いて自然の音や空気の流れ、風、光を感じることが大切だ。気持ちのリフレッシュでドーパミンが適度に分泌され、暗くなりがちな気持ちを変えてくれる。

「ああ、そうなのか」と、人間と自然の深い関わりを、私は改めて思った。ちょうどその頃、私はヘンリー・デービッド・ソローの名作『森の生活』を読んでいた。アメリカ超越主義の祖とも言われるエマーソンの教えを受けたソローは、コンコードの森に一人で住んで、人間と自然との関わりを探究した十九世紀半ばの思想家である。

文明社会から隔たって、森での簡素な生活を送りながら、ソローは人が生きるために必要なものは、「物ではなく精神の豊かさである」ということを学んだ。その「精神の豊かさ」というものも、難しい哲学的な探究や、肉体を酷使する苦行のようなものではなく、自然の中に自分を無心に投げ出すことにより、自然の一部である自分の本性を見出すことで得られるという。そこに何とも言えない心の安らぎと喜びが感じられる、と彼は書いている。

日本人がサクラの季節に、花見に繰り出さずにおれないのも、こういう人間の本性に、少なくとも一部は根差しているのだろう。私たちが日常的に、花や木々に慰められ、またそれらとともにあることを望むのは、自然の一部である人間の、深い欲求から来ているのだった。

木々の緑や空の青さ、雲の行きかい、海や山や川の存在は、私たちにとって当たり前のものであるが、それらなくして人間は生きることができないし、精神の安定を保つこともできない。

人が命を永らえるために必要な空気や水、食物の恩恵と同じように、自然は人間が人間として生きるために、なくてはならないものなのだ。道端の草花や街路樹にも生かされている自分を意識することにより、私たちの日常は、今まで以上に豊かなものになるだろう。

善への布石として

ゴールデン・ウイークの五月一日、二日、三日は、二〇〇七年まで、東京・北の丸公園にある日本武道館で生長の家の大会が行われてきた。それは、三十年以上続いたのである。

一日は女性の組織である白鳩会の大会、二日は男性組織の相愛会の大会、三日は青年の大会。そして、経済人の集まりである栄える会が二日の大会に加わってからも、ずいぶん年月がたった。それが昨年から、会場を武道館より狭い場所に変えて開催するようになった。

長い間お世話になった日本武道館に、大会の担当者がお礼を言いに行くと、「何かあったのですか？　寂しくなりますね。五月の初めは生長の家のために空けていましたからね」と言葉をかけていただいたという。

生長の家で最大の組織である白鳩会は今年、大宮駅前のソニックシティをメイン会場に、京都府宇治市の生長の家宇治別格本山と福岡県太宰府市の生長の家福岡県教化部を光通信で結び、これら三カ所に幹部を集めて研鑽《けんさん》会が行われた。他の組織は、東京の明治神宮内にある明治神宮会館で研鑽会と大会を開催した。しかも、青年大会以外は、参加者に制限を設けて行ったのである。

一般的に考えれば、「大会」と銘打った行事は、広い会場に大人数を集める。その方が会場の雰囲気も盛り上がり、参加者も満足するものだ。それをわざわざ会場を狭くして、参加者も制限して行うとは、どういう魂胆なのかと、疑問に思う人もいるだろう。武道館の人の「何かあったのですか？」という疑問も、だから不思議でない。

その「何か」とは、地球の温暖化である。今日、この動きは明らかであり、少しでもそれを緩和して、未来世代の人類の犠牲を少なくするために、生長の家は方針を変えたのである。

二十世紀には、日本をはじめとする先進諸国は経済発展を成し遂げて、人々は豊か

善への布石として

2010年5月　自宅にて

な生活を送るようになった。それとともに大量生産、大量消費、大量廃棄の生活が当たり前となり、資源やエネルギーの消費量は爆発的に増えた。そのような生活が「普通」で「問題ない」と考えるようになっている私たちにとって、何かを「小さく」したり、「制限する」ということは、違和感を伴うものである。人間はとかく、様々な過去の習慣をもとにして物事を考えるから、過去と違う変化にはすぐついていけないことが多いのである。

最近、ＮＨＫのテレビでも「明日のエコではまにあわない」というメッセージを毎日のように流している。だから今、世界的な問題となっている地球温暖化についても、私たちは「何とかしなくてはならない」ということはわかっている。けれども、この〝地球的な要請〟に対して、実際の行動がともなわないのが現状だ。二酸化炭素を排出すれば地球環境を悪化させると分かっていても、目先の利益を失い、豊かで快適な暮らしを変えることに、私たちは躊躇《ちゅうちょ》するのだ。

そんな中で、生長の家が大会を狭い会場に移し、参加者も制限するという決断を下したのは、大きな賭けである。リスクを伴うことは覚悟の上で、目先の利益ではなく、長期的な視点に立って物事を判断しようという意見に、多くの人が賛同してくれたからできたことである。

生長の家は、人々の幸福の実現に貢献しようとしている宗教である。そのための布教活動が、温暖化の原因である二酸化炭素を多く出すような方向に進むことは、明らかに矛盾した行動である。大きな会場を借りて、遠くから沢山の人が航空機や自家用車、鉄道などで移動するのは、なるべく避けたいのである。今回の白鳩会の三会場での開催により、参加者の二酸化炭素の排出量は、武道館時代にくらべて七割以上少なくなった。

環境問題への取り組みには様々なものがあり、その一部に対して懐疑的な意見をもつ人もいる。また、そのことをセンセーショナルに表現した本が、書店で平積みにされることもある。それを開いてみると、例えば、レジ袋の代わりにエコバッグを使うのは、環境問題の解決には貢献せず、かえって問題を悪化させるというような意見が書いてある。

しかし、地球環境問題というのは、一つ一つの対策を個別に取り上げて評価すればいいというほど、単純なものではない。レジ袋をもらわない行動は、レジ袋にとどまらず、自分の生活態度、消費行動などライフスタイル全般に関わる「意識を広げる」という効果がある。レジ袋が海外でも大量に使われ、それが無秩序に捨てられることで、鳥類や海洋生物を含む地上の生態系に悪影響を及ぼしていることにも意識が広がれば、日常生活が便利なだけではいけないことに気が付くと思う。環境問題の原因は、人間が自分たちの都合を第一にして、それによる犠牲をほとんど顧みず、利己的に生きてきたことである。だから、そのような利己的な行動を改め、愛他的な行動に変えていかなくては、解決できないのである。

白鳩会の大会は、前述したように会場を狭くして、幹部に限定したので、参加者は三会場合わせて、以前の約半分の人数になった。そのため、今まで長く参加していた人の中には、資格がなく参加できない寂しさを感じた人もいるようだ。

二十世紀の終わりから二十一世紀の初頭にかけて大きく変わったことの中には、コンピューターの普及に代表される通信技術の目覚ましい発展がある。この動きはさらに進みこそすれ、後もどりすることはない。これにより、人とのコミュニケーションが容易になったが、反面血の通った交流が希薄になるなどのマイナス面も出てきている。

大会に参加できなくなった人には、状況を理解していただき、地域に密着した心の通う交流を通じて、マイナス面を補うことができるのではないかと思っている。また、通信技術の進歩で、遠くに出かけなくてもいろいろの行事に電子的に〝参加〟できる人の数はふえつつある。そういうメリットをフルに活用して、新しい形態の運動を工夫しなくてはいけない。いずれにしても、化石燃料によるエネルギーの使用は減らさなければならないのだ。

太陽光や、風力、潮力、地熱などの自然エネルギーも、これまでは宝の持ち腐れ状態だったが、近頃の人々の意識の変化により、それらを生かして使おうという動きが広がりつつある。

人間の本性は〝善〟であるから、誰かが「正しいこと」を強力に推《お》し進めていくと、それを見た人々の善性が引き出される。その結果、オセロゲームのように、黒一色に近い場面も、白一色に反転することも起こるのである。私たちは、そのような善への転換の〝布石〟となりたいと思う。

余白をつくる

六月は日本では衣替えの季節。

学校では、制服が冬服から夏服に替わり、家庭でも玄関マットなどが、厚手のウールや緞通《だんつう》などから、籐《とう》や竹、畳表《たたみおもて》などの素材に替わる。また、最近のオフィスでは、「クールビズ」と称して、ノー・ネクタイに半袖ワイシャツでの仕事を奨励するところも多い。

私は、子供たちが小学生のころ、制服の帽子を、紺のサージから白のサッカー地のものに替えて被らせなくては……と急に気づき、三人分をあわてて揃えたことを思い出す。

今年の六月は、仕事の多忙から、玄関マットやスリッパなどは、三日に夏物に替えた。が、五月下旬には急に暑い日があったりしたため、夜具や洋服は少しずつ夏物を出して、冬ものを順次片づけていった。そうして感じたのは、知らぬ間にものが増えているということだ。

毎年衣替えの季節には、衣類などをいくらか処分する。何年も着ない洋服や、使わなくなった物を、有効に使ってもらえるところに送ったり、それもかなわないものは、ゴミとして出していた。それでも、物は増えていくのである。夫の背広や私のスーツなどは特に難しい。デザインが古くなったり、体に合わなくなったものでも、素材がほとんど傷んでいないと捨てるのが心苦しい。誰かが着てくれたり、何か別の用途に使えるかも……などと考えて、処分を先延ばしにしてしまう。こうして、いろいろな物が少しずつ溜まってくるから、衣替えのための物の出し入れに手間がかかるようになる。

「捨てられない物に縛られている」

――その実態が、衣替えの季節に痛感されるのである。

最近私は、物を買う時にはよくよく考えて、むやみに増やしてはいけないと思う。

現代は物が豊富にある時代である。そして、テレビなどのコマーシャルは、〝新しい〟もの、〝便利な〟もの、〝流行の〟ものを際限なく紹介し買わせようとする。消費者の側にも問題がある。〝不況だ〟とか、〝得だ〟と考えて、値段が安いという理由だけで、本当には必要のないものを買ってしまう傾向がある。そうして買い集めたものが、家の中に少しずつ、知らないうちにたまってきて、決して広くない家の貴重な空間を侵食する。それでもまだ買い続けていると、やがて家の中は整理のつかない〝物のジャングル〟になってしまう。

アパートの一室に、自分の座れるだけの空間しかなく、周りは物であふれている若い女性の話を聞いたことがある。また、アメリカの一人暮らしの老人の話を思い出す。彼女が亡くなったあと、離れて住んでいた子供が家を訪ねたら、家中に物が積み上げられ、ゴミと一緒になって、手の施しようがなかったから、プロの片付け人に依頼したというのだった。テレビのドキュメンタリー番組で放映されていた。

戦後の世界は、大量生産、大量消費、大量廃棄をしてきた。特に先進諸国は、便利でものが豊富にあることが〝豊かな生活〟だと考え、それを目指して競ってきた。

目の前に、便利そうで、魅力的で、味覚や触覚を満たしてくれそうなものがあれば、「欲しい」と思うのが人情だ。それを手に入れるだけの財力があれば、ためらうことなく手が伸びる人もいる。財力がなくても、将来できる財力を当て込んだクレジット制度の利用で、買い物はできた。自分の中に「物を買う」ことを抑制する基準を持たない人は、こんな社会全体の〝消費讃美〟の流れに抵抗することは難しかったと思う。

最近、日本では景気刺激策として、「定額給付金」なるものが全国民に一律に支給された。国民が払った税金から支払われるものに、「給付金」などという偉そうな名前をつけることに、怒りを覚えている人もいるようだ。この給付金の考え方も、人々の「消費が社会を良くする」という物崇拝の考え方である。

今問題になっているのは、地球の温暖化である。人々が欲望に任せて際限なく消費を続けてきた結果、地球が本来もつ気候調整や諸元素循環の機能が不全に陥るほどになっているのである。私たちは今、これまでの欲望優先の消費行動を改めなくてはならない。そうしないと、やがて地球は悲鳴をあげて、国土の減少や大きな災害などを惹《ひ》き起こして、人類にツケを回すことが予想されているのである。

不況で、生活が大変という人もいるかも知れないが、生活の一つ一つを見直して丁寧に暮らす習慣をつければ、今まで以下の物量で、今まで以上に心豊かな生活ができるのではないかと思う。

私はいま夫との二人暮らしである。食料品は週に一回宅配のものを頼んでいる。月曜日に届いたもので、一週間上手に使いまわそうと工夫するので、週末には野菜室がスッキリして、次のものを待つ状態になる。お魚などの冷凍品も、なるべくため込まないようにしている。この冷蔵庫のスッキリ感はとても気持がいいし、食品のムダも最小限にできるから、経済的でもある。

家に子供が三人いたころは、消費する量も多かったので、冷凍庫はいつもいっぱいだった。そのころは必要があったわけだが、満杯の冷蔵庫では、記録をとっていても、中に何があるかを忘れたり、消費期限を過ぎる食品もできてしまう。今ではそんなことがなくなった。

このスッキリ感を、食料品だけではなく、家のこまごましたことにも及ぼしたいと思っている。私は、これまでも自分が贅沢《ぜいたく》や買いすぎをしたと思っていないが、それでも時代の勢いに流されて、物を買うことに安易になっていたと、近頃反省する。

長い時間をかけて作られた習慣を変えるのは、簡単なことではない。けれども、地球温暖化の時代を生きる私たちは、低炭素社会を目指して、自分の足もとから、できることを着実に実行していくことが必要だ。その「できること」とは「つらいこと」ではないはずだ。物に縛られていた心を放つことで、毎日の生活の場に〝余白〟ができる。その〝余白〟から、新しい時代の本当の豊かさは生まれると思う。

シンプルな答え

現代の世の中は、大変暮らしやすく、便利である。そして、生活をさらに豊かに、また便利にするための道具や機器も、容易に手に入れることができる。そんな暮らしに慣れきっている私が、先日、妹と会ったときのことだ――

ある雑誌でプラスチック容器の害について読んだと、教えてくれた。その記事は、アメリカのエール大学などの研究者の報告を紹介していたという。それによると、私たちが食品の保存や持ち運びなどで日常的に使っているプラスチック容器には、ビスフェノールA（BPA）という化学物質が広く使われていて、それが脳の神経細胞の形成を妨げている可能性があるというのだ。

私の家では、野菜その他の食品を冷蔵庫に保存する際、プラスチック容器を大いに利用していた。また、小麦粉などの粉類や乾物もプラスチック容器で保存していた。

私は、ほとんどの食料品――野菜や魚、乳製品など――を週一回、宅配で購入している。それらが届くと、なるべく早く、種類に分けて容器に保存する。野菜は、洗って大きなプラスチック容器に入れる。こうしておけば、いざ料理というときに、洗う手間が省《はぶ》けて効率がいいからだ。そんなわけで、プラスチックの保存容器は、台所の流し台の上の、一番取り出しやすい場所に、所狭しとたくさん収納されていたのである。それらが体に害があると聞いては、なおざりにできないと思った。

プラスチック容器から化学物質が溶け出し、環境ホルモンとして作用するということは、聞いてはいた。けれどもそれは、古い容器の場合、もしくは扱い方を間違った場合に限ると思っていた。ところが、研究者の報告によると、種類により多少の違いがあっても、プラスチック製品全体が食品にはあまりよくないという。その代わりのものとしては、ほうろうやガラス、ステンレス、磁器、セラミックなどの製品を使うことを勧めている。

私の台所にも、ほうろうやガラスの保存容器はあったが、それらはプラスチックに

シンプルな答え

2009年９月　自宅にて

比べ、取り扱いが面倒で重量もある。だから、特別な機会にのみ使っていた。例えば、人がたくさん集まる時、前もって作った料理を保存したり、正月料理を保存する場合などである。〝宝の持ち腐れ〟とも言え、しかも年に数回しか使わないものに、広い場所をとっていた。私は早速、それらのほうろうやガラス容器を取り出してきて、野菜などを詰め替えた。

実際、そういう作業をしてみると、プラスチック容器がいかに軽くて扱いやすいかが、よく分かった。そのうえ値段も安い。けれども、害があると知りながら、使い続けることはできない。私は、だから新たに小型のほうろうやステンレスの容器をデパートで買い、またガラスの空き瓶などを使って、食品保存用の容器の総入れ替えをしたのである。

こんなことをせっせとしながら、自分たちの生活が、大変多くの便利なものによって、支えられていることを、改めて考えずにはいられなかった。昔の人は、どうしていたのかと思いを巡らせた。

冷蔵庫が普及したことによって、私たちの食生活は、劇的に変化した。それまでは、新鮮なものはすぐに食べるか、干したり、塩漬けにして、日持ちさせた。ところが、冷蔵庫での保存が可能になったことで、食品が長く置けるようになった。冷蔵庫では、食品の乾燥を防ぐための入れ物や〝覆《おお》い〟が必要だ。こうして、プラスチック容器やラップなどが作られた。また、長期保存が可能となったことで、地元の産品だけでなく、遠く離れた地方や、外国からも食品が運ばれるようになったのである。

日本の戦前の人々の暮らしを見てみると、作った惣菜《そうざい》などは、すぐに食べないときは、布巾《ふきん》がかけられていたり、蠅帳《はいちょう》のようなものの中にいれていた。今とは随分違う生活だ。現代の私たちは、便利で豊かな生活をしているが、知らぬ間に、危険を身に近づけている場合もあるのだ。

これは、地球温暖化の問題と似ている。石油や石炭をどんどん使うことによって、物と人の流れが地球規模になり、情報の洪水と物質的豊かさが実現した。そして、それらを手放せなくなっているのが現代の私たちである。それらの恩恵に身をゆだねている間に、「温暖化」の危険が迫っていることに気がつかないでいた。

もっとロマンチックに表現すれば、こんな状況かもしれない――きれいな砂浜が続く海辺で、波の音と心地よい風に吹かれて、いつの間にか昼寝をしてしまった人がいる。気がついたら、海は潮が満ちてきて、沖の方まで流されていた。そんな事態である。

同様のことは、その他の面にも言える。そのような私たちの周りの〝豊かな生活〟の不自然さと危《あや》うさに、人々はしだいに気づき始めている。だから、「スローライフ」や「地産地消《ちさんちしょう》」がいわれ、「有機農法」や「無添加食品」が、人々の関心を集めているのだ。が、その一方で、ファーストフードに代表される、添加物や保存料を多く含む食品が、これでもか、これでもかと造られている。

私たちは、安全で健康な生活を送りたいが、かといって昭和の初期のような生活に戻ることができない。だから、悩むのだ。炭素を出すことが、地球の生態系や人類の生存に悪影響を及ぼすことは知っているが、炭素を出さずに生活することは難しいのである。

そんなことをとつおいつ考え、名案はないかと答えを探す。すると結局、身の回りの「良い」と思うことを、地道にしていくこと以外に解決はない、という結論に行きつくのである。「一〇〇パーセントの安全」などは、どこにもないが、危ないと分かれば、危険を未然に防ぐ行動をとることにより、結果が変わっていくだろう。

地産地消を心がけ、無農薬の野菜を買うことにすれば、地域の農業と、有機栽培に従事する人を支援することになる。そういう実践は、食品の自給率向上や、有機農法の広がりにも結びつく。

社会のさまざまな事柄は、このように互いにつながっている。だから、「一人一人の正しい行動が重要である」というシンプルな答えに落ち着くのである。

バナナに悩む

「安いよ、安いよ、一房五百円。そこのお姉さん買って行きな！」

こんな掛け声とともに、生きのいい兄さんたちが安売りしているのが、バナナだ。東京・上野のアメ横などでは、毎日こんな光景が展開するのだろう。

戦後バナナは高級品で、めったに食べることはできず、贈答や、病人のお見舞いに使われたとよく聞いた。それが貿易の自由化により一九七〇年頃から安く売られるようになり、スーパーの安売りの目玉商品として安定供給されてきた。

バナナは皮が簡単にむけて食べやすく、その上栄養価も高いので人気がある。日本では近年、果物の消費はずっと減少傾向だが、バナナはバナナダイエットの流行などもあり、ここ数年では消費が増えているという。わが家でも、何時でも安く買えるバナナは、果物の少ない季節など重宝し、よく買っていた。ところが最近、私はバナナを買うことを躊躇《ちゅうちょ》するようになった。バナナがあまりにも身近にあったため、「外国産」であることを忘れていたのである。フード・マイレージを考えればバナナといえども、注意の対象にしなくてはいけないのだった。

「フード・マイレージ」のことは、ご存知の方も多いと思うが、食料品が生産地から消費地まで運ばれてきた距離を指す。遠方から運ばれたものはそれだけフード・マイレージの数値が高く、輸送のために沢山の二酸化炭素を出している。現代の大きな問題は、二酸化炭素の排出による地球の温暖化だから、食料を初め様々な日用品も、なるべく地産地消《ちさんちしょう》することが求められる。だから私も、食料品は国内産の購入を心がけているのである。

以前は、家族の好物であるグレープ・フルーツやマンゴーなどの輸入果物も、手頃な値段の時は安易に買っていたが、グレープ・フルーツの代わりには、似たような日本産の柑橘《かんきつ》類があるし、マンゴーも少し高価ではあるが、夏には沖縄産や宮崎産が出回る。そんな中バナナは、国産物は夏のほんの短い期間だけ、沖縄や奄美《あまみ》大島など南方の島で採れるものが少量売られるだけだ。

だから安価で、手軽で、おいしい海外産のバナナは、大変魅力的な果物である。私は、果物売り場の前で、その特徴的な黄色い曲線が並ぶ果物を見て、どうしようかと考え、やはり止めるのである。「たかがバナナ」と思うかもしれないが悩むのだ。

バナナの場合は、フード・マイレージ以外にも問題がある。それは、生産地の人々の生活への悪影響だ。

もう十五年以上も前のことだが、私は東京・四谷の上智大学で行われていたコミュニティー・カレッジで、英語を学んでいた。そこでは、夏休みになると「夏季集中講座」と名付けた週三日のクラスが設けられ、私はそれにも参加した。そのクラスでは、世界の時局問題について、一日一テーマずつ学ぶのだった。夏休みの講座だったから、大学生も参加していた。

そのクラスではグループ・ディスカッションがあり、親しくなった女子学生が、ある日私にパンフレットを手渡した。見ると「バナナと日本人」と書いてあり、そのテーマで大学でワークショップを開くので、「よかったら参加してください」と言われ、た。あいにく、夕刻からの集まりで参加できなかったが、そのテーマが印象に残った。そして後日、書店でその資料となった『バナナと日本人』（鶴見良行著、岩波書店刊）という本を買った。けれどもその本は一読後、永らく本棚で眠っていたのである。

最近、バナナを店頭で見ると「フード・マイレージ」という言葉が浮かんで来る私は、その本のことを思い出し、読み直したのである。大まかな内容は憶《おぼ》えていたが、詳しく読んでみて、先進国と発展途上国の間に横たわる問題に、改めて想いをめぐらせた。

日本で売られているバナナの九〇パーセント（二〇〇八年統計）以上が、フィリピン産である。他にエクアドル、台湾、ペルー、メキシコなどからも来る。日本への輸出の多くは多国籍企業による。フィリピンの農民は元来、バナナだけでなく、自分たちの主食である米や他の作物も作っていた。ところが多国籍企業の進出により、単一作物を効率よく生産するために、自分たちが食べていた品種とは違う、輸出専用のバナナを作り始めたのである。これと同様のことがとうもろこし、大豆、カカオなどの栽培で、アフリカや南アジア、中南米の諸国でも行われている。

途上国で先進国向けの作物を生産することは一見、豊かな生活が保証されるように思われる。ところが、先進国の不況時や不作の場合は収入が少なく、自分たちの食料も買えないほどになることがある。すると、食べものは自らの手で作るという、自立した生活をしていた人々が、借金をして食料を買わなければならず、それができない場合は飢えに苦しむことになる。これが、今の世界の貧困の大きな原因の一つにもなっている。

バナナを買う、買わないという問題から、地球温暖化だけでなく、世界の不平等の問題も見えてくる。物事は、一見して分かるほど単純ではなく、色々な要素が複雑に絡み合って成り立っている。店頭で「何を買うか」を決めるときには、自分の都合や利益だけを考えるのではなく、「そこに、なぜあるか」を考える余裕があってもいいと思う。

豊かな日本では、魅力的な果物を種々目にすることができる。それらに手を伸ばす前に、少し考えてみるだけで、世界を見る目が開かれてくるものだ。

良いことができる

「牛肉、豚肉は入っていませんか」

「牛肉、豚肉はいただかないのですが……」

講習会の旅先などで、夕食を予約する時、私は必ず牛肉や豚肉が料理に入っていないかを確認する。もしもそれらがあった場合は、他のものに替えてもらうか、最初から入れないで作ってもらうように頼んでいる。

近頃は年のせいか、夫も私もあっさりしたものを好むようになった。そのため和食の夕食をとることが多いので、ほとんどが魚中心であるが、時には牛や豚の肉を使った献立もあるので、事前の確認は欠かせない。

私たちが哺乳動物の肉を食べなくなって十年以上たつ。その始まりは、突然の夫の宣言だった。

「僕、肉類食べないから」

その言葉の調子から、私は夫が何かを決断したことがわかった。が、戸惑いを覚えたのも事実である。夫はこれを私や子供には強制しなかったが、食事を作る者としては、二種類の献立を考えなくてはならなかったから、初めは少し面倒に感じた。

夫が肉食をしないと決めたのには、いくつかの理由があったと思う。昔から、仏教をはじめとした様々な宗教では、動物を殺して肉を食べることを戒《いまし》めている。

生長の家でも、創始者の谷口雅春先生は、肉食をされなかったが、それを信徒に強制されることはなかった。「こうすればよい」と講話や文章の中で言われることはあっても、あまり厳格な戒律を設けず、個人の自由意思に任せる傾向が強いのが、生長の家の特徴でもあった。雅春先生は多分、生長の家の信仰者は教えを実生活の中に生かし、教えと生活が乖離《かいり》しないだろうと思われたのではないか、と私は想像する。

私も幼いころから生長の家の教えにふれていたが、特に肉食をしないということはなかった。学校給食などでは、普通に肉が使われていたし、私が育った時代は、日本

良いことができる

2009年12月　自宅にて

の国全体が今ほど豊かでなかったから、何を食べて、何を食べないなどと、人々が選り好みする時代でもなかった。私の考えの中には、谷口雅春先生は特別に素晴らしい〝聖人〟のような方だから、先生には先生の、私には私の生き方がある――そんな都合のいい解釈があったのだと思う。

けれども今の世の中では、肉食をすることは宗教的禁忌《きんき》の対象だけでなく、地球温暖化や食糧難を深刻化させる大きな問題になってきた。

かつての社会では、牛や豚は農家の庭先で飼われていて、それらのえさは、牧草や残飯を中心に与えられていた。家畜は家族の一員であり、様々な恩恵を与えてくれるものだった。

ところが現在は、短期間に沢山の肉をとるために、牛や豚には穀物飼料が与えられる。それらの穀物飼料は、人間の食料を栽培できる農地で作られている。ということは、飢餓に苦しむ人がいる同じ世界で、豊かな人々の食事のために、農地が動物のえさの栽培地となっているのだ。また牛などは、広い土地で大量に飼われているので、森林破壊の原因にもなっている。

さらに、最近では宮崎県でも起こったように、口蹄疫《こうていえき》の問題なども関係している。家畜の伝染病は、効率よく食肉を生産するために狭い場所で沢山の牛や豚を飼うことで深刻化する。病気の感染を防ぐためには抗生物質などが投与されているが、それでも一旦病気が発生すると、動物同士が接近しているために、感染の広がるスピードが速く、防ぎようのない状態になる。そして今回の宮崎県のように、沢山の家畜が殺処分されることになった。

口蹄疫にかかった牛は、別に人間に害はないそうだ。ただ味が落ちるのでブランドが傷つき、他の牛にも感染することにより、美味しい牛肉がとれないからという理由で、感染していない牛も含めて殺されるのである。

酪農家の生活に大きな影響を及ぼすと同時に、商品にならないという理由だけで牛を殺すことの矛盾に、多くの人がやり切れない思いを持ったのではないかと思う。このように、肉食には沢山の問題がある。

目には見えないことではあるが、肉食をしないことは、動物だけでなく、飢餓で苦しむ人を救い、また良好な環境維持のために貢献することになる。その一方、肉食を続けることは、動物や環境に害を与え、また間接的に貧しい人々から食料を奪う結果になるのである。この世界には因果の法則、動反動の法則が働いている。奪うものは奪われ、与えるものは与えられるという法則が厳然と支配しているのである。自分の行いの結果は、自分で刈り取らなくてはならないのだ。

このことは、恐怖を与えるために言っているのではない。人間の本質と、この世界の成り立ちを理解し、その法則にしたがった生活をお勧めしたいからだ。そうすれば、私たちは、もっと明るく、犠牲の少ない、希望に満ちた生活を送ることができるのである。

現在の世界では、私たちは全く犠牲のない生き方をすることは難しい。しかし、社会の明るい点、良い点を見るだけでなく、自分の生活が人や動物の犠牲のもとに成り立っていないかを省みて、それをできるだけ減らしていく生活をしたいと思う。

ところで今の私には、牛肉や豚肉を「食べたい」という気持は起こらない。実際、食べてはいけないものと感じる。肉食をしない生活は、心の底にある「良いことをしたい」という願いを満たしてくれている。だから肉を食べないということは、ホルモン剤や添加物の心配が減るだけでなく、人間が本来持っている善性を表現するために、とても有効なのである。

第4章

雛祭り

社会の空気

もう十年以上になるが、私は週に一回、渋谷駅の近くにある英語の教室に通っている。担当のM先生は三十代のアメリカ人で、今年で四年目になる。私たちのクラスの五名は、その先生のことをとても気に入っている。数少ない平日の午前中のクラスである。十年ほど前は、午前中のクラスはほぼ毎日あったが、今は私たちだけだ。世の中が不景気になって、この時間帯に英語の教室に通う人が少なくなったかららしい。

この英語学校では、教師は同じクラスを二年以上受け持つことができないことになっている。けれども私たちは二年前、事務所に担当教師の延長を強く希望し、聞き入れてもらった。午前中のたった一つのクラスということが、有利に働いたのかもしれない。それまでにも色々な先生の授業を受けてきたが、このM先生ほど熱心に授業に取り組み、生徒を公平に扱う先生はいないというのが、全員の一致した意見だった。続けて授業を受けたいと思ったからだ。

M先生はいつも十分な準備をして、授業に臨んでくれるし、テキスト以外にも、最新の興味深い新聞記事を宿題に出して事前勉強をさせ、その記事に関する問題を自ら作ってくる熱心さである。だから、クラスメートの中には、勉強しなくては申し訳ないという気持になる人もいる。また自分でも英語を教えている人は、M先生のやり方を見習って生徒に対しているとも聞いた。

そのM先生とも、今年の三月でお別れである。先生は更なる可能性を求めて、現在の英語学校を辞めるからだ。アメリカのコロンビア大学ティーチャーズカレッジの日本校が、水道橋にあるが、そこで勉強し、その一方で早稲田大学の講師もするそうだ。M先生には、日本人で画家をしている婚約者がいるので、日本で暮らすことを念頭に置いての選択のようだ。

そんなM先生が、先日の授業では、討論のテーマにドイツの交通標識の問題を選んだ。ドイツでは道路標識が沢山ありすぎて、人々はどれに従えばいいのか迷い、混乱するというのだ。そこである市が試みたことは、すべての標識を取り払い、車、自転車、歩行者それぞれが、お互いの動きを見ながら譲り合うようなシステムを導入したそうだ。その結果、事故が減り、渋滞も緩和したという。が、このシステムには反対意見もあるらしい。

そういう記事の内容を受けて、私たちは、ドイツのルールを日本に持ってきたらどうなるかを話し合った。また、社会生活を営むのに、守らなくてもいい法律やルールが、日本にあるか、についても話し合った。

日常の会話では、こんなことを真面目に話し合うことはない。だからクラスのメンバーは、想像力を働かせていろいろ考えた。出た意見はいくつかあったが、みなに共通していたのは、日本では、交通信号を真面目に守るということだった。運転中はもちろんだが、ほとんどの人が徒歩でも赤信号で待つからだ。そんな日本人の国民性だから、定められたものに従うのは得意だが、交通ルールが取り払われたら、混乱するかもしれない、という意見が出た。ニューヨークなどでは、信号にかまわず、自分の判断で道路をどんどん横断する。また、イタリアのローマでも、人々は道路を無秩序

2009年8月　ニューヨーク、フードコートにて

に横断するので、混乱状態になっていたことを思い出した。

クラスのメンバーの何人かは、車の通行がない場合は、赤信号での横断は許されると思うと言った。それもわからないではないが、私の意見では、運転側としては突然、人が横断してヒヤッとすることがあるから、一概には言えないと思う。また、小さい子供が見ている前で、赤信号で道路を渡るのは、教育上、あまり好ましいものではない。そのように、様々な意見が出た。

私は英語の教室は、英会話のために通っているのだが、普段真剣に考えたり、意見を述べ合わないような問題をいろいろ話し合うので、とても興味深く時間を過ごす。日常生活から突然、別世界へ移動するような感じがするのである。加えて、自分の意見を外国語でなんとか理解してもらおうとする困難さが、面白さを増すのかもしれない。

こんな会話の後で、M先生は私たちに、アメリカから東京に来た友人の話をしてくれた。それは日本社会のルールについて、面白い示唆を与えてくれる話だった。

その友人は、ある日東京のコンビニエンス・ストアーで飲み物を買った。そして、レジでお金を払ったときに、レジ近くに置いてあったガムを無意識に手に取ったそうだ。そして彼はガムの代金を払うことをすっかり忘れたまま、店を出た。が、まもなく自分が支払いをすませていないガムを持っていることに気がついて、店に戻って代金を支払ったというのである。

聞いていた私たちは、それは当たり前だと思った。ところが、M先生の友人が言うには、これがアメリカだったら、自分は店に戻らずにどこかへ行ってしまった、というのだ。その理由は、日本社会独特の〝雰囲気〟にあるという。

アメリカでは、コンビニの店員は客に対してつっけんどんな態度をとる。ところが日本では、人々が親切で、コンビニの店員も感じのよい挨拶をしてくれる。そんな雰囲気が、友人をして「ここでは安易に万引きなどしてはいけない」という気持にさせ、行動が自然に正されるというのである。このことと、信号を真面目に守る国民性とは、どこかで繋《つな》がっているかもしれないと、私は思った。

M先生の友人が細かい神経の持ち主で、順応性のある人なのかもしれないが、社会の雰囲気は人の行動に大きな影響を与える、ということだろう。

家庭や職場の雰囲気は、そこで暮らす人、働く人の行動に大きな影響を及ぼす。親切で暖かい心の持ち主が沢山いれば、その家庭や職場は、居心地がよく、積極的に生活や仕事をしようという意欲が湧き出てくるに違いない。能力も十分に発揮される。

日本が先進諸国に比べて、犯罪が少ないのも、私たち一人一人の、自分たちでは特に気付いていない、暖かい心の結果で、それは誇りに思っていいことだろう。

絵本美術館

八ヶ岳の麓《ふもと》の町、小淵沢の赤松の森の中に絵本美術館というのがある。私はもう随分前からその近くを何度も通っていて、絵本美術館の案内表示を見ては、どんなところなのだろうかと興味をもっていたが、訪れる機会がなかった。一つには夫には興味がないだろうと思っていたからだ。ところが、夫は最近、童話のような話に意欲をもっているようなので、二〇〇八年の五月の連休のとき「絵本美術館へ行ってみない?」と提案した。すると、二つ返事で同意してくれたのだ。「絵を見るのは好きだから」という理由だった。聞いてみないとわからないものだと思った。

まっすぐにのびた道の両側に赤松林が広がった昼間も薄暗い中を、車で数分走り、そこから森の中に入ってさらに百メートル行ったところに、その美術館はあった。来た道の重々しさとは打って変わり、美術館の前は広々と開けた牧草地になっていた。前方には雪を冠《かぶ》った南アルプスの山々の雄大な姿が望め、館の前面を飾るように白樺の大木が四、五本風にそよいでいた。

建物に入るとすぐ受付があり、そこで入館料の六百円を払った。受付にいたのは、五十代後半から六十代前半の男性だったので、私は少し驚いた。「絵本を集めた施設の責任者は女性だ」と勝手に思い込んでいたからだ。

その男性は、

「矢印に沿って見学して下さい。見学が終わったら、こちらでコーヒーかジュースをお出ししますが、その時はまた声をかけます」

と言った。

風変わりな美術館である。矢印に沿って最初に入った小部屋は、八畳くらいの広さで、ターシャ・テューダーの作品を集めていた。これも私には意外だった。ターシャ・テューダーは絵本作家であるが、今日本では一種のアイドルのようになっていて、東京の大きな書店には、必ずと言っていいほど、彼女のコーナーが設けられているからだ。この八ヶ岳の麓の森の中の美術館では、彼女の絵本に加えて、彼女の生活と、それを取り巻く環境を美しい写真集にしたものが、前面に並べられていた。
ターシャ・テューダーはアメリカを代表する絵本作家である。現在九十二歳のターシャは、アメリカのニューイングランドの山奥で、ガーデニングや農業をし、様々な生活用品を手作りし、犬や猫、鶏、ヤギなどの動物と暮らす。現代の都会人が憧れるような、いわゆる〝田舎暮らし〟を送っている。また彼女は、四十六歳で離婚し、一人で四人の子供を育てた自立した女性であり、とても前向きな人生を歩んでいる。[*1]
私は数年前に、夫の小学校時代の担任の先生から、ターシャの『思うとおりに歩めばいいのよ』（メディアファクトリー刊）という本をプレゼントされた。私のエッセイ集のお礼に送って下さったのである。
その本はすでに数回読んでいたが、彼女の生活が現代の都会生活とあまりにもかけ離れていたので、まるで何か〝物語〟を読んでいるように感じた。けれども、森の中の絵本美術館に彼女のコーナーがあったことで、私の印象とは違う側面がターシャの生活にはあるかもしれない思った。そこで改めて贈られた本を読んでみた。すると彼女の人生哲学は大変魅力的で、日時計主義そのものであることに気づいたのである。

ターシャはアメリカ・ボストンの生まれで、父は飛行機やヨットの設計者で、母は肖像画家だった。彼女はその両親のもとで、スコットランド人の乳母から行儀よく育てられたが、九歳の時両親が離婚したため、父親の親友の家庭に預けられるのである。預けられた家での生活を、ターシャはとても楽しんだ。引き取られた家は、とても自由な雰囲気で、その家の夫人は戯曲を書いていて忙しくて、食事はコーンフレークやオートミールのような簡単なものばかりだったらしい。けれども、そんな中、夫人はよく朗読をしてくれたから、後にも先にもあんなすばらしい経験はなかった、と彼女は回想している。

両親が離婚して他人の家に預けられるのは、普通なら不幸なことと思うだろう。しかし、彼女の人生を通して言えることは、どんな大変な状況でも、彼女は物事を自分から積極的にとらえ、すべてを喜びに変えてしまうのだった。

人生半ばでの離婚は、彼女が田舎暮らしを望み、夫とともにニューハンプシャーの農家に移り住んだことが一因だったようだ。夫婦は農場での生活を始めるのであるが、夫は彼女ほどには田舎暮らしを楽しめず、結局離婚ということになった。離婚から三年後に夫は病死するから、四人の子供を抱えた彼女の暮らしは、大変だったと想像できる。

家事が大好きなターシャは、「もし、生活を支えてくれる夫がいたら、わたしもガーデニングと料理と縫い物ばかりしていて、絵は描いていなかったかもしれないわ」と書いている。

夫がいれば、生活を支えるために絵を描く必要はなかったということだ。それだけ経済的に大変だったのだろうが、その困難があったればこそ、彼女の一連の名作が生まれたのだから、人生は不思議なものである。

本の中にこんな言葉がある。

「家事をしている時、あるいは納屋で仕事をしている時、これまでの失敗や過ちを思い出すことがあります。そんな時は考えるのを急いでやめて、スイレンの花を思い浮かべるの。スイレンはいつも、沈んだ気持ちを明るくしてくれます。思い浮かべるのは、ガチョウのひなでもいいんだけど」

心に暗い影が差してきたら、すぐに追い払って心を明るくしてくれることを思い浮かべるというのは、なんと賢い生き方だろう。これがただの楽観主義でないことは、「世の中の憂鬱《ゆううつ》は影に過ぎない。その後ろ、手の届くところに喜びがある。喜びをつかみなさい」というフラ・ジョバンニの言葉を、彼女が自分の信条としていることからも分かる。

ターシャの生活から私は自分の日常をふり返った。講習会と原稿の締め切りが重なったときなど、家事を負担に思うことがある。それは、講話や原稿を書くために、もっと沢山本を読んだり、ものを考える時間が欲しいと思うからだ。けれども、そういう時間があるからと言って、必ずしもよいものが書けるわけではない。家事という生活に欠かせない行為から学ぶこと、得ることも沢山あり、時には本を読むよりも、豊かな時間が経験できる。そのことを、私はターシャの生き方から再確認した。生活の様々なことはみな繋《つな》がっているから、どの仕事も楽しんでやれば、一見別の領域のことにもきっと役立つはずだ。

【註】＊1　ターシャ・テューダーは二〇〇八年六月に死去した。

謙虚で、豊かに

生長の家の講習会で新潟県の長岡市を訪れた際、駅ビルの中の書店に寄った。この地にまつわる本でも見つけることができればとの気持だった。予想通り、書店の前には「良寛生誕二百五十年フェアー」の案内が出ていた。私はそのころ、良寛さんについて詳しく知りたいと思っていたので、良い機会に巡り合った。書店の中ほどの一角に「良寛コーナー」が設けられていて、四、五十冊の本が並んでいた。

良寛さんに関する私の知識はごく一般的で、書物としては瀬戸内寂聴《じゃくちょう》さんの『手毬《てまり》』という小説を少し読んだだけだった。だから、沢山の本を前にして、どれを選んでいいのか途方に暮れた。

伝記風のもの、良寛さんの和歌や漢詩、俳句を解説したもの、書を中心にしたもの、子供向けに童話風に書いた伝記など、様々だった。手にとって見ると、それぞれ焦点の当て方が違い、あれもこれもと欲しくなったが、結局、相馬御風《ぎょふう》著『良寛坊物語』と中野孝次著『良寛 心のうた』の二冊を買うことにした。旅先だから、荷物になっても困ると考えたのだ。

良寛さんは一七五八年、新潟県長岡市に近い日本海に面した出雲崎で生まれた。家は代々、名主と神官を兼ねた名誉ある家系で、その地方で絶大な権力と経済力を享受していた。その家の長男として生まれたのである。幼い頃は無口で物事にこだわらないのんびりとした性格で、読書に熱中するところがあったようだ。十三歳から六年間、私塾で勉強し、やがて長男として父親の仕事を手伝うようになる。このことが、良寛の出家の一つの原因かもしれないといわれている。名主といえば現在の地方政治家のような立場で、権謀術数《けんぼうじゅっすう》渦巻く現実の世界の様々な仕事――例えばもめごとの処理や罪人の裁きなども担当したそうだ。

良寛さんといえば、乞食の僧として村々を托鉢《たくはつ》してまわり、子供と無邪気に手毬遊びなどした天衣無縫《てんいむほう》の人、と私は思っていた。しかし、十八歳での出家後は禅学に励

謙虚で、豊かに

2010年４月　自宅にて

み、二十二歳の時岡山県玉島の円通寺の国仙和尚の弟子となり、さらに厳しい修行僧としての生活に入った。この禅寺では、良寛さんは、坐禅をするにも講義を聴くにも誰よりも早くおもむき、一心不乱に修行に励んだという。三十三歳の時、師より雲水《うんすい》修行の終了証ともいえる「印可」を与えられる。その後は諸国行脚《あんぎゃ》をして名僧知識を訪ね、三十八歳頃故郷に帰り、山の庵《いおり》で一人暮らしをする。仏道修行に励み、一乞食僧として托鉢の人生を送り、七十四年の生涯を終えるのである。

良寛さんは寺を持たず、説教もせず、托鉢だけをして人々の仏心を呼び起こした。けれども、沢山の書と、漢詩、和歌、俳句等が残されており、それらは時代を超えて、人々の称賛の対象となり、人間の生き方の一つの理想像として崇《あが》められている。また多くの人々との触れ合いは、それらの人々の心に強い印象を与えたことが、伝承されてきた。

私は、長岡で買った二冊の本をすぐに読み終え、さらに図書館で四冊の本を借りて良寛さんの生き様を学んだ。それは悠々としていながら、厳しく真剣な求道《ぐどう》の道だった。

良寛さんの一生は、西行や芭蕉に通じる旅の生涯であったが、良寛和尚からは西行や芭蕉のような厳しさよりも、もっとのびのびとしたおおらかさを感じた。それは、良寛さんが出家僧でありながら、在家の人々と交わり、在家の人々と労苦をともに味わったところから来ているのだ、と私は思った。その生き方は、若い頃修行した岡山、玉島の円通寺の仙桂和尚への敬慕から生まれたものである。

仙桂和尚は、お寺の典座《てんぞ》として、畑で野菜を作り多くの修行僧を養っていたが、座禅もせず、経も読まず、説教もしない人だった。その下で修行していた良寛さんは、そんな生き方の価値がわからなかったが、自分が托鉢をしてまわるようになって、「自分はまだ仙桂和尚の境地にほど遠い」と悟ったようだ。難解な仏教の概念や言葉の意味を頭で理解していても、それが実際の生活に生かされなければ何にもならない。また仏典に書かれていることを、生活に実践することの難しさも、実感したのではないかと思う。

五月末、越後長岡地方では、田植えもほとんど終わり、鏡のように光る田がどこまでも広がっていた。それは、稲作が人々の命を支えていた、昔のままのこの地方の光景だった。この地は、日本で最もおいしいと言われるコシヒカリの産地でもある。

そんな長岡での生長の家の講習会のあと、「お土産です」と言って渡されたのは、発泡スチロール製の弁当箱に入った、真っ白な暖かいごはんだった。そのほかには、何も入っていなかった。珍しいものを下さると思った。帰宅後、良寛さんの本を読んで、良寛さんの托鉢の日々の喜びと労苦を知ったとき、私はこの、お弁当包みを手にしたときの感触を思い出した。

良寛さんの日常は、山の庵で座禅や看経《かんきん》などの仏道修行をし、書を書き、歌をつくり、人から恵まれた米や味噌《みそ》で、粗末な食事を自ら作る日々であった。そしてお米がなくなると、鉢をたずさえて山を下り、家々を托鉢にまわるのである。当時、お米が余るほどある家はそんなに多くなかったはずだ。それでも良寛さんの徳が人々に豊かな気持を起こさせ、布施の心を引き出したのだろう。そのような布施行を重んじる心の素地がこの地方にはある、と感じた。

お土産に、白いご飯を渡す気持と、良寛さんが典座の仙桂和尚を尊敬する気持が、私の中で一つになった。

お米は苗作りから田植え、草取り、途中の世話、秋の収穫、脱穀、その他数限りない手間暇がかかって、銀シャリと呼ばれるごはんになる。それは人にお土産として上げるにふさわしい、尊いものであり、またその味は誇りに思うものなのだった。

良寛さんの托鉢の日々も、平穏な日々ばかりではなかった。長雨や夏の暑さ、嵐の日もあった。また鉢に何も入らないこともあったろう。人が生きていく上で、なくてはならない食べ物を、手にすることの苦労を、良寛さんは人一倍身に沁みて感じていたに違いない。だからこそ、修行僧を支えるために黙々と野菜作りをしていた仙桂和尚に、仰慕の思いを持ったのだろう。

私たち現代の日本人の生活は、大変恵まれていて、魚であろうが肉であろうが、また野菜にしても、望めば数多くの種類を簡単に手に入れることができる。一口のごはんをいただくとき、そのような労苦にほんの少しでも思いを馳せれば、多くの人々によって支えられ、生かされている、という豊かさを実感できる。

この謙虚でありながら、豊かな心を持つことが、人生の原点ではないだろうか。良寛さんの修行の日々が、私にそれを教えてくれた。

イスラムの女性たち

二〇〇八年七月半ばの日曜日の夜、夫と二人で外食を終えた私は、東京・原宿の表参道を家に向かって歩いていた。週末は生長の家の講習会で地方に出かけることが多い私たちにとって、日曜日に近所を歩くのは珍しいことだ。すれ違うのは日本人だけでなく、外国人も多くて、「ニューヨークみたいね」などと冗談を交わしていた。

そんな中、がっしりした体格の三十代半ばと思しき男性が、半袖のワイシャツとズボン姿でベビーカーを押しているのに出会った。ベビーカーは二人用で、一歳と二歳くらいの兄弟が、前後に並んだ椅子に座っていた。「お母さんはどこに?」と周囲を見ると、すぐ近くの靴屋の前で、店先に並べられた靴を物色している大柄の女性が目に留まった。彼女の周りでは、ベビーカーの子供たちの姉らしき女の子が二人、うろうろしていた。

父親も大柄だったが、母親は彼よりも背が高く、肩幅もがっしりしていて、日本人にはあまりない体形の人だった。アラブ人のように見えたが、薄紫のパンツスーツで、頭には刺繍《ししゅう》のほどこされた薄地の白いスカーフを巻いていた。

その日の午後、私たちは二日間の生長の家教修会を終えたばかりだった。教修会ではイスラム教やアラブ世界のことを学び、私自身も発表をしたから色々の本を読んでいた。そんなときだったので、このアラブ人家族の姿に、私は親しみさえ感じたのだった。

現在の世界情勢の中では、イスラム教や中東地域は大変重要な位置にあり、影響力も大きい。しかし、私たちのような普通の日本人の意識からは、この地は依然遠く隔たっており、関係が薄いように感じられる。けれども中東イスラム世界は、現代ばかりでなく、世界史の中でも大きな役割をはたし、近代では世界一の大国、オスマン帝国を築いた文明であり、宗教である。

私は航空会社に勤めていた関係で、一九七〇年代にイラン、エジプト、パキスタンなどの中東地域、あるいはイスラム国に何回か滞在したことがある。けれども、私はイスラム教についても、ユーラシア大陸の政治的変遷についても、なんら詳しい知識をもたなかったので、観光目的の旅行者が異国の風物を楽しむのとさほど変わらない意識でしか、この地域と接することができなかった。

エジプトのギザにあるピラミッドもスフィンクスも、神秘と謎の対象ではあったが、その宗教的、文化的背景や、その地の人々の暮らしにまで、興味が及ぶことはなかった。

ところが今回、イスラム教を真正面から勉強する機会があったので、大変有意義な時間をもつことができた。未知のことを知ることは、人間にとって喜びだと改めて感じた。特に私は、人々の暮らしには興味がある。普通の人の日常がどうであるかが、若いころからの私の最大の関心事だった。だからイスラム教の歴史や、国際関係も興味深くはあったが、イスラム世界の女性の生活に興味を抱いたのである。

イスラムといえば、一夫多妻が認められた男尊女卑の思想であり、女性はスカーフやヴェールをかぶり、行動は制限され、社会的に虐げられている――こんなイメージで捉えられがちである。しかし実際は、女性への対応は国によって千差万別であり、一括《ひとくく》りにすることはできない。一夫多妻が禁止され、女性の社会参加は、日本より進んでいるトルコのような国もある。反面、女性は一人で外出できず、車の運転も禁止され、職業もごく限られた分野だけが許されているサウジアラビアや、タリバーン支配下のアフガニスタンなどもある。

現在、世界の大方の国では一夫一婦制をとっているから、一部のイスラム社会で四人の妻まで許されることは、野蛮な習慣に思える。女性たちはどんな思いで、その習慣に従っているのだろうかと、私も素朴に疑問を感じる。

参考書を読んでみると、そんな社会の中でも、「イスラムの習慣だから従うしかない」と納得している年配の女性もいるが、現代のイスラム女性の多くは、様々な苦しみを味わっているようだ。けれども長い間、当然のこととして行われてきたことは、容易には変えられないのである。

ヴェールにしても、小さい頃から外出時の着用を教えられてきた女性の中には、「ヴェールをかぶらずに外出できない」という心理状態になる人もいるようだ。

一夫多妻やヴェールをかぶることは、今ではイスラムの象徴のように思われている。しかし、少し歴史を遡れば、現在「先進国」と呼ばれている国でも、歴史的には最近まで、妻以外の女性が側室や第二、第三夫人として認められていた所も多い。日本にしても、支配階級や一部の富裕層にはそのような例が沢山あった。中国や韓国の少し古い時代の映画やドラマにも、何人も妻をもつ男性が出てくることがある。

ヴェールにも同じことが言える。平安時代の日本の高貴な女性は頭にかぶり物をしていたし、江戸時代の武家の妻なども、出かけるとき頭巾をかぶる様子を時代劇で見たことがある。また現在のインドの女性や、アフリカの女性も頭にヴェールや巻物をしている。

今日、イスラム女性特有の習慣として奇異に見られていることも、イスラム教発祥以前からある風習の名残である場合もある。アラブ地域でヴェールをかぶるのも、古代アッシリア時代からの風習だという。そんなことを学んでいくうちに、イスラム世界を何か特別な目で見ていた自分に気がついた。

しかし、イスラム女性の現状を知るにつれ、私の中に起こる「なんとかならないの」という気持は拭い難いのである。そんな時、私は「彼の地では時間が過ぎる速度が少し遅いだけだ」と自分に言い聞かせる。彼女たちにも、日本に暮らす私たちと変わらない喜び、悲しみの日常がある。そう思えば、イスラム世界の女性に、私たちの母や祖母、さらに曾《そう》祖母に連なる女性の姿が重なって見えてくる。

いまイスラム世界では、古い価値観を黙って受け入れることが、女性蔑視や悪政を育て、テロリストを生んできたと考える女性も出てきたという。そんな彼女たちを、理解し応援したいと私は思っている。

「平和の日」に思う

その日、私は朝の食器洗いの手を止めて、テレビから流れてくる「平和の鐘」の音に合わせて、一分間の黙禱《もくとう》を捧げた。二〇〇八年八月六日、六十三回目の広島の原爆の日だった。いつもの朝なら、八時からは世界のニュースを見るのだが、この日はテレビの画面にいきなり平和記念式典の様子が映し出された。

真夏の日差しのテントもない中で、大勢の人が広島市の平和記念公園に参集していた。テレビ画面に映し出された原爆ドームは、何度か訪れているので親しみが湧く。

「僕たち、こうしてテレビで原爆の日の記念式を見ることは、あまりなかったね」と夫が言った。

この時期は、夏休みで出かけることが多いからだと思った。日記を見てみると、二〇〇七年は生長の家の国際教修会のためニューヨークに滞在していたし、その前の年は取材旅行で青森に行っていた。

黙禱の後は、広島市長の平和宣言、児童代表の「平和への誓い」、そして福田首相の挨拶と続いた。

私の父は十八歳の時、広島で被爆している。だから、広島は私にとって大変身近で、原爆は他人事ではない。原爆投下の日の様子は父から詳しく聞いていたし、親戚の人からも被爆後の周りの人々の悲惨な状況を聞かされていた。

「この世に地獄があるとすれば、原爆の落ちた広島の町は、まさに地獄だった」

こう言った父の言葉が、私の脳裏に深く残っている。焼けただれ、皮膚がむけて垂れ下った人や、傷を負い腕が動かずにぶら下がっている人、息のない子供を抱いた人など、大勢の負傷者が、爆風で飛んできたものを頭にのせ、ぼろをかぶった幽霊のような姿になって、広島の町から市外に向かって延々と歩いていたそうだ。

広島市長の「平和宣言」は、核のない世界にするために、長崎市と協力して世界に働きかけていくという宣誓だった。その後の小学六年生の男女の「誓いの言葉」は、堂々としていて、心がこもっていた。その中で、原爆の落ちた朝、学童動員で「行ってきます」と出かけた子供たちは「ただいま」と言って帰ってくる当たり前の日をもつことができなかった、と言った。

「ヒロシマで起きた事実に学び、知り、考え、そして、そのことをたくさんの人に伝えていくことから始めます」と、二人は声を揃えて力強く訴えた。

私は、時折目頭が熱くなっていたが、夫は私に向かって

「あまりエモーショナルになってはいけないよ」と言った。

「戦争は、感情的になってもなくなるものではない。現に隣の国は、核を持っている」

と、私をさりげなく諭《さと》した。

黙禱のとき、「戦争のない平和な世界にするために、力を尽くします」と誓ったが、果たしてそれは何をすることだろうと、私は改めて自分自身に問いかけた。

四年前（二〇〇四年）の夏、生長の家の教修会では平和について学んだ。その時の内容は『平和の先人に学ぶ』（生長の家刊）という本にまとめられている。

「平和の日」に思う

2009年6月　山梨にて

人類の歴史は「戦争の歴史」と言っても過言ではない。その中で、古来、幾多の思想家、哲学者、宗教家、科学者、政治家等が、どうすれば戦争を無くすことができるか、平和な世界にすることができるかと、様々な理論や方法を提案してきた。

その一方、宗教の違いによる戦争というものも、歴史上は沢山あった。また最近では、イスラム原理主義者によるテロや、そのテロに対する戦いというものも大きくクローズアップされている。

人類は古来、平和を求めてきたが、現実の世界は平和とは程遠く、平和を実現することの難しさを学んだ教修会であった。

そこで私が知ったことは、大きく分けて三つあった。

① 人間の本質を悪と見るか、善と見るかは意見がわかれるが、悪と見ると、悪は滅ぼさなくてはならない対象となり、戦争の原因になりやすい。

② 自分の国や民族の文化や価値観を絶対とする考え方、それに類するナショナリズムが戦争の原因になることがある。

③　自分の信仰する宗教を絶対視し、宗教間の違いや優劣を強く意識する考え方と、神が戦争をさせるという〝聖戦〟の信仰が戦争を生む。

これら三つが、戦争と平和の問題を解くための大切な要素であることを学んだ。人間の本質が善であるか悪であるかに関係して、私は八月の初め、興味ある体験をした。それは、短い夏休みを利用して夫と息子と三人で、山梨県に行った時のことである。森の入口に建つ小さいパン屋の前で、一台の乗用車が前輪を側溝《そっこう》に落として止まっていた。周りには、森と畑しかない。白い服姿のパン屋の主人は、太い丸太を溝に入れて、他の客らしき男性と三人で、車を溝から上げようと格闘しているところだった。夫と息子は、すぐに加勢した。さらに、通りがかった二台の車から男性二人が降りてきて、総勢七人となり、皆で車を持ち上げ、車輪を丸太の上に置いて、車を道路に上げることができた。

「良かったですね！」

無名の協力者たちは互いに喜び合い、通りがかりの男性二人は、すぐに車で走り去った。何か目的があり先を急いでいたかも知れないが、車を止めて人助けに協力した。これが人間の本性だ、と私は感じた。

その一方で、人間は自分の利益のために人を押しのけようとすることもある。だから、「人間の本性は悪である」という人がいるかも知れない。けれどもそんな人でさえ、自分の子供や肉親のためには、自己犠牲をすることもあるのだ。それは、身近な人との一体感があるからだ。他との一体感があるとき、人間は相手のために何かしようと思う。この一体感は、人間の本質を善と見れば、身近でない人たちにも感じることができる。

このような人間観をさらに広げると、自分の国だけ、自分の信ずる宗教だけ素晴らしいというような、独善的な考えにはならないものだ。相手の立場を尊重する考え方が生まれてくる。

これと反対に、自分や自分の属するグループだけが「優れている」とか「正しい」と考えることは、他に勝ちたいという利己心の表れであることが多い。そして、その背後には、大抵「欲望」が潜んでいる。それが、戦争の原因なのだ。

戦争の悲劇を思うと、「何が何でも戦争を起こしてはいけない」――と強く思う。だから戦争の悲劇を訴えたり、「戦争反対」と叫ぶ気持はよく分かる。けれども、戦争は人間の欲望の結果なのだから、欲望を制御することが平和への道であることを、教修会で学んだ。

だから私は、人や物事の善き面を見、貧しい国の人々に負担をかけない商品を買い、サービスを選び、肉食を控えるようにしている。簡単なようだが、続けることは案外難しい。一人一人の生活の仕方、ものの見方が、戦争の防止につながるのである。

幸せな集落

「こんなところに、集落が……」

人家もまばらな山間に、見えるものといえば黄金色に輝く田んぼと、森ばかり。そんな田舎道を、車は十分近く走っていた。そこへ突然、人家の密集した小さな町が現れた。

運転する人は、「山の中に入ります」とは言っていた。だから人里離れた工房へでも案内してくれるのだろうと、私は勝手に想像していた。

その日は長崎北部の佐世保市で、生長の家の講習会が開催された。講習会終了後、幹部の皆さんと懇談会をして、会場を後にしたのは、夕方の四時過ぎだった。長崎空港から東京に帰る飛行機は、六時五十五分発だった。佐世保から空港まで約一時間かかったとしても、空港で二時間近い余裕がある。そこで、私たちは帰路の道沿いにある波佐見町《はさみちょう》に立ち寄ることにしたのだった。

佐世保市からは、車で約二十分で波佐見町、ということだった。車の両側に広がる田んぼでは、黄金色に輝く稲が、収穫の季節を迎えていた。

「稲はよく実っていますね」

と、私が言うと

「そうですね。今年の作柄は『やや良』とのことです」

と、運転の地元の人が教えてくれた。

一年に一度の豊饒《ほうじょう》な秋の光景が広がっていた。一度もお米を作ったことのない私であるが、今年もおいしいお米がいただけることを思い、ありがたいと思った。

やがて波佐見町に入る手前のT字路に着いた。正面に道案内の表示があり、左は有田、右は波佐見と示していた。波佐見町は、有田と同じ焼き物の町なのである。

波佐見町に入ると、焼き物工場が目につき、屋根からは何本も煙突が空に向かって立っている。見学する場所は色々ありそうだし、陶器店も多い。ところが、目的の場所は、町はずれの山の中にあると言われた。そして着いたところは、まるで〝秘密の集落〟のようだった。そこは、山に抱かれて周りを森が覆《おお》い、入り組んだ坂道に沿って人家が建ち、窯《かま》を持つ工房も各所に見える。道幅は、車一台がやっと通れるほど。そんな集落で一番高いと思われる場所に、私たちの車は止まった。そこが目的の工房だった。

朝から降っていた雨がようやく止んで、コスモスの花が風にゆれていた。建物内に入ると、広い休憩所のようなところで、六十代のご夫婦が

「こんな奥深いところまでようこそ」と、笑顔で迎えてくれた。

そして「まずはお休み下さい」と言われたが、私たちは、あまり時間がなかったので、先に、奥の展示室にある波佐見焼を見せてもらうことにした。

ご主人は日焼けして、しわが目立つ顔が人懐っこい。そして、気さくに説明を始めた――

「波佐見焼はもともと庶民の食器で、日常手軽に使えるものとして作られてきました……」

並んでいる焼き物の中には、東京のデパートなどで目にしたことがあるデザインもあった。あまり広くない展示室だったので、すぐに全体が見学できた。

私は若い時から食器が好きで、日本のものも、外国のものも、色々買い集めていた。今でも食器を見ると、あれもいい、これも欲しいと心は動くが、ほとんど買うことはない。夫との二人暮らしになり、五人家族の時の食器が、家には沢山あるからだ。波佐見焼も、心動かされる魅力的なものが色々あった。そんな中で、赤と紺の配色のマグカップが気に入り、模様の少し違う二つを夫婦用に買った。今使っている朝食用のカップが古くなり、新しいのを買いたいと思っていたからだ。

「コーヒーが入りました」という声に促されて、休憩所の方に移った。目鼻立ちのはっきりした夫人が、コーヒーを入れて下さっていた。それをいただきながら、私たちは店のご主人から波佐見焼の歴史を学んだのだった。

有田は佐賀県にあり、有田焼は鍋島藩の高級陶磁器で、海外にも輸出され、ヨーロッパの陶磁器にも影響を与えた。それに対して、波佐見は長崎県で、貧しい大村藩の財政を支える大切な産業として、波佐見焼は栄えた。庶民の食器として量産され、全国に出回ったそうだ。四百年の歴史があり、技術が外部に漏れないように、人里離れた隔離された場所で作られたという。どうりで秘境のようなところにあるのだと、うなずけた。江戸時代には、陶磁器は馬車で大村湾まで運ばれ、そこから船で大阪の堺などに大量に輸送された。山奥の集落ではあるが、外部との交流は盛んだったという。

私が、

「長崎の出島のようですね」

というと、夫人の返事がかえってきた。

「出島は外国との交流でしたが、ここは日本全国です」

こんな辺鄙《へんぴ》な場所が、南北に長い日本列島の各地と交流があったというのが、不思議だった。休憩所から見えるひっそりとした坂道に、往時のにぎやかな様子が、浮かび上がって来るようだった。

この土地には、歴史の表面には現れない幾多の物語が埋もれていそうで、興味が尽きない。もっと色々お話を聞きたかったが、限られた時間はすぐに過ぎてしまう。ほんの三十分程の訪問で、私たちはその工房を辞した。

車にもどると夫が、

「日本には、僕たちの知らないところがまだ沢山あるね」

と、感慨深げに言った。夫も私と同じ感想をもったのだ。

帰りは行きとは違う道を通った。ずっと棚田《たなだ》がひろがっている。このあたりの棚田は、「日本の棚田百選」に選ばれているということだ。ここも豊かな実りである。こんな山の中の棚田にまで稲が植えられているのを見て、昔の日本人はなぜ毎日白米が食べられなかったのだろう、などと思った。

また、藩政時代、波佐見焼の集落のすぐそばの棚田の住人は、自分たちの作ったお米を、波佐見焼の食器で食べることがあったのだろうかと思った。波佐見焼は藩の重要な収入源だったから、多分そんな贅沢《ぜいたく》は許されなかったかもしれない。

有田焼は今でも高級品であるが、手頃な日常食器もある。また波佐見焼も、高級品が作られるようになっている。現代では生活の幅がずいぶん広がり、それに伴い、各種の食器が自由に選べるだけでなく、自由に生きることもできる。

夕暮れ間近の棚田の連なりは、黄色と緑のコントラストが目にしみる。「人々は幸せなのだ」と、私は思った。

雛祭り

三月三日は雛祭り。この日は子供たちを呼んで、一緒にちらし寿司をいただくことが多い。今年は三日が火曜日で子供は仕事日だから、夫と二人の雛祭りになると思っていた。ところが娘は、少し遅くなるが仕事帰りに来ると言う。

私は、二月二十日頃に娘の雛人形を和室の床の間に飾っていた。二月も半ば過ぎになると、「お雛様を飾らなくては」と気が急《せ》くのである。お雛様は三月三日が過ぎたら片付ける。だから、飾る日が遅いと、せっかく出してもすぐしまうことになる。わが家のお雛様は親王飾りなので、飾るための時間はせいぜい三十分前後。短時間ではあっても、その時期は、原稿の締め切りなどで気分的に慌ただしい。人形を粗末に扱いがちだし、ゆったりした気持で飾りたい。だから早めに飾り、飾り終えるとホッとする。

玄関には、桃の花と菜の花を、つんつんと立った麦の穂と一緒に飾った。そして、その日の献立は、五目野菜とアナゴとイクラのちらし寿司、エビとホタテのフライ、青菜の白和《しらあ》え、雛かまぼこ、ハマグリのおすましにした。

二枚貝であるハマグリは、雛祭りのつきものである。その理由は、右貝と左貝がピッタリ合うものは世界に一つしかないからという。女性の「貞節」をあらわすそうだが、離婚率の高い現代では、——願わくは一生を一人の人と暮らせますように……というような意味を加えても良いかも知れない。

今年の雛祭りには特別のお菓子があった。「桃カステラ」である。二月下旬から三月一日まで長崎に行った時、お土産にいただいた。このカステラは長崎地方独特のもので、数年前の雛祭りの時季に、長崎の方から一度送っていただいて初めて知った。ショートケーキ三個分ほどもある大きなカステラで、モモの実を模している。表面には桃色の砂糖がけ。その上に緑のマジパンで葉を象《かたど》り、実の軸も餡《あん》やマジパンで作られている。砂糖がかけてあるから、普通のカステラより数段甘い。夫は砂糖をよけて食べたが、私は砂糖がけも一風変わった味わいで、おいしくいただいた。娘もこの愛らしいお菓子を喜んだ。

桃カステラは、この時季に長崎ではどこのカステラ屋さんでも作るらしい。また、出産などの特別のお祝いにも使われるという。

ポルトガルが、長崎とカステラの縁を結んだ。カステラの由来には諸説あるが、スペインのカスティリア地方（Castilla）で作られた焼き菓子が有力とのこと。ポルトガル人によって日本に最初に伝えられたのが長崎で、「長崎カステラ」はカステラの代名詞のようになっている。そこに「桃」が加わったのは、中国のおかげらしい。中国大陸では古来、モモは不老長寿の木として尊ばれ、邪鬼を退治する力があると信じられていた。こうして、日・中・葡の文化の交流地点で桃カステラが生まれたのだ。

文化交流といえば、雛祭りの風習自体が中国の影響を大きく受けている。大陸では、春の弥生の最初の巳《み》の日は「忌み日」とされ、穢《けが》れをきよめるために紙の人形を作った。そして、身の穢れを人形に移して川に流した「流し雛」がはじまりという。『源氏物語』にも雛遊びの記述があるが、現代のような豪華な雛人形を飾るようになったのは、江戸の元禄時代であるようだ。

もともと「穢れを祓《はら》う」ために川に流した人形が、長い年月を経て、現代のような豪華な「お祝い」の人形に変化していったことは、大変興味深い。〝本家〟の中国ではどうなっているのかと思う。

私は、女ばかりの五人姉妹の一人だったので、伊勢の実家には七段飾りのお雛様があった。敗戦の廃墟から立ち上がった父に、お雛様が買える経済的余裕ができたのは、私が小学生の頃だったと思う。飾られたお雛様を見て華やいだ気持になり、うれしかったのを覚えている。

私が産んだ子は、最初二人が男の子だったので、三人目が生まれるとき、私は密かに「できれば女の子……」と願った。その理由の一つに、女の子なら家にお雛様を飾れるという自分勝手な希望があった。

娘を出産した病院で、産後のお世話をしてくれる人は、

「男の子が二人いて三人目を産む人は、女の子にしてくれなくちゃね」

と言った。

私の思いを見透かしたような言葉だが、二十数年前でも既に少子化は始まっていて、二人以上の子供を産む人は当時から少なかった。女性にとってお雛様は密かなあこがれで、いくつになっても慕わしい。娘のおかげで、そんな私の思いが満たされていることはありがたい。

昨今の不況で、消費が冷え込んでいる中でも、雛人形の売り上げは昨年より二割以上伸びているらしい。新生した女の子を祝うための出費は減らず、加えて六十歳前後の女性が、自分のためにも雛人形を買うのだそうだ。その年代の人たちは、戦中・戦後の貧しい時代に、自分のお雛様をもらえなかったからという。

子育ても終わり、経済的にも余裕のできた年代の女性が、仰々しくなくコンパクトであっても、よい品物を買うそうだ。私にはその気持がよくわかる。雛人形は、家に華やかな非日常の雰囲気を醸《かも》し出す。ちょうど待望の春が来る季節で、うれしさは倍加する。

また、お雛様は「三月三日を過ぎたら早く片づけろ」と言われる。そうしないと、娘がお嫁に行くのが遅くなるという言い伝えがあるらしい。が、「暮らしにけじめをつけよ」との教えとも受け取れる。

雛飾りは、一種の異体験も味わわせてくれる。「雪洞《ぼんぼり》」や「貝合わせ」などは、現代の私たちの生活にはなくとも、それらを飾ることで王朝人《びと》の気分をほんのりと感じる。

長い歴史の中で、紙でできた簡単な人形がしだいに立派になり、「流すのはもったいない」と座敷に飾るようになったのだろう。階級制度が厳しかった時代には、庶民の貴族へのあこがれが雛を豊かに育て、やがて現在のような豪華な祝い事につながった。そんな文化の変遷の背後に一貫して流れているのが、娘の幸せを願う親の気持である。

私はどちらかといえば、季節の行事が好きで、カレンダーに従ってあれこれと家の行事をしている。季節感がなくなった現代は、こんな行事をすることで暮らしにメリハリがつくし、季節の変化を積極的に演出できる。先人たちの知恵を引き継ぎ、今に生かすことで、私たちは人生の〝幅〟と〝奥行〟を広げることができると思う。

アマゾンの町に生きる

二〇〇九年七月末、生長の家の国際教修会のために、日本からは地球の反対側になるブラジルまで飛んだ。途中、ニューヨークを経由する二十六時間の旅だった。ブラジル訪問は私にとって五回目であるが、今回は初めてアマゾン河口の町、ベレンを訪れるということで、出発前から楽しみにしていた。

ベレンは、教修会が開催されたサンパウロから飛行機で約三時間の距離にある。今回のベレン訪問は、生長の家の一般講演会を開催するためだった。ちょうど時期を同じくして、ベレンの教化支部会館と生長の家アマゾニア練成道場が新築され、それらのお披露目《ひろめ》にも立ち合わせていただいた。また、アマゾンの熱帯雨林の見学も予定されていた。世界的に問題になっている地球温暖化の抑制のために、何かのヒントを得たいとの願いからである。そんな盛り沢山のスケジュールの中で、ベレンを訪問した。

ベレン行きは、国際教修会が終了した八月三日の翌朝だった。到着前、機窓からは茶褐色の水を豊かに湛《たた》えたアマゾン川と、深い緑の森、南国風の赤い瓦《かわら》屋根の家々、そして高いビルの林立する町が見えた。かつて訪れたことのある東南アジアの熱帯地域を思い出した。

到着後はすぐに、アマゾニア練成道場に向かった。ベレン市内の街路樹はマンゴーで、多くが電柱をしのぐ高さに伸びていて、実をつけているものもある。郊外へ向かう道路の両側にも、ヤシに混じってマンゴーの木が沢山あり、熱帯特有の風景が続いている。車で一時間ほど走って、約百ヘクタールの敷地がある練成道場に着いた。入ってすぐの所に講堂などを備えた大きな建物があり、それを囲む形で事務所や宿泊施設などの小さな建物が並んでいた。

敷地内には、マンゴーのほかにもマンゴスチンやジャッカなど熱帯の果実がなる木、数種類のヤシ、その他多種の熱帯の木が植えられていた。

この地域には、日系人だけでなく、それよりはるかに多くの非日系の生長の家の信

アマゾンの町に生きる

2009年８月　ブラジル、ベレンにて

仰者がいるのだった。率にすると、日系人は五パーセントに過ぎないという。それにもかかわらず、中心になっているのは日系の方々である。現地で経済的に成功し、社会のリーダーとなっている人々だった。

その中のSさんは、両親、兄弟などの家族ぐるみで、五十五年前にベレンに入植されたそうだ。まだ二十歳前の夢多き青年で、アマゾンで一旗揚《ひとはた》げようと、希望に満ちて、骨身《ほねみ》を惜しまず働いたという。その甲斐あって、沢山の富を手にしたのであるが、決まって何かトラブルが起こり、得たものを失ってしまうことを繰り返していた。

そこでSさんは、アマゾンという土地が悪い、自分に合わないのだろうと思い、他の土地に移転しようと、海岸線をずっと歩いた。「歩いた」と言っても、広いブラジルのことだから、自分に合う地域はないかと、交通機関を使って移動したのである。アマゾンから各地を転々として、ついに三千キロも南のサンパウロに着いたとき、ふと日本人の経営する書店に入ったという。その店主が生長の家の信仰者で、棚には谷口雅春先生の著書が並んでいたのだ。その中にあった『人生読本』(日本教文社刊)に、Sさんは興味をもった。人生について悩んでいたからだ。

Sさんは、その本を手に取り中を見てみると、何か自分の人生のヒントになることが書いてあると思い、その本を求めた。そして、サンパウロからアマゾンまでの空路を使った、当時八時間の旅の中で、その本を読み終えた。そしてわかったことは、自分が人生でいつもつまずくのは、土地や他人のせいではなく、「心」に原因があるということだった。自分の心が、環境のすべての原因であるということがよく理解できたのである。それ以来、仕事は順調に運ぶようになり、現在では素晴らしい成功者となっておられる。

Sさんの奥さんにも、同じようにドラマチックな人生があった。S夫人は、やはり十代で移民として家族でブラジルに来られた。日本から貨物船でベレンにつき、小さな船に乗り換えて、アマゾンのさらに奥の川沿いの開拓地に入った。夜となり、船は漆黒《しっこく》の闇の中を進んでいったが、やがて開拓地近くにくると、川の岸にポツン、ポツンと小さな灯が見える。先に入植した人々が、新しい入植者を歓迎して、みんなで明かりを灯《とも》してくれたのだった。その明りの心強さが、五十年以上たった今も忘れられない、とS夫人は言っておられた。

厳しい開拓生活だったという。まずは木を切って、根を掘り出す開墾《かいこん》である。アマゾンの水を飲み、アマゾンの水で食事を作り、洗濯をし、お風呂もアマゾン川だった。毎日夕方になると、遠い故郷が懐かしく、また寂しくて、泣く日々が続いた。それでも一年が過ぎる頃には、アマゾンの地にも慣れてきた。そんな様々な、筆舌《ひつぜつ》に尽くし難い苦労の数々を乗り越えて、S夫人は今、来《こ》し方《かた》を振り返って、次のように述懐《じゅっかい》された——

「住めば都」とはよく言うけれど、五十数年が過ぎた今思うと、アマゾンに来たことが私の運命だったのね。日本に帰ることは時々あるけど、もう決して住みたいとは思わない。アマゾンの人々は、のんびりとしていて、みんな良い人たちよ。豊かな自然に恵まれ、暮らしやすいところで、今では「ここが天国」と思ってるの。それに何よりも、この地で生長の家を知ったことが、私の財産です。日本にいたら、多分「神様」なんかに縁がなく、振り向くこともなかったでしょう。子や孫にも、この生長の家を残したい。どんなに沢山の財産よりも、大きな財産だから……。

アマゾン川を遊覧する船の中で、S夫人は、溢《あふ》れるような緑の森を見つめながら、こんな話を聞かせてくださった。もっといっぱい話を聞きたかったが、時間が限られていた。私は深い感動の中で、謙虚な気持になっていた。

明るくて気さくなS夫人の外見からは、こんな苦労話は想像もできなかった。若いころからS夫人を知っている同年代の男性は、彼女をほめて、

「生長の家を知ってから、美人になったね」

と、感慨深げに言った。

私はそうかも知れないと思った。今は、過去の様々な経験に感謝しておられるからだ。

地球上には、それぞれの土地で、様々な人々の暮らしがある。地球の自然環境が多様であるように、そこで暮らす人間の営みは実に多様である。が、人の心の中の動きは本来素朴で慕わしく、共通しているものだと思った。

初出一覧（掲載誌はすべて『白鳩』誌）

第1章　楽園はどこに

楽園はどこに（二〇〇八年三月号）
煙が消える（二〇〇八年四月号）
運命の〝罰ゲーム〟（二〇〇九年三月号）
いのちの輝き（二〇〇九年五月号）
目を開けて信じる（二〇一〇年五月号）
うぐいす餅の幸せ（「ウグイス餅の幸せ」改題）（二〇一〇年九月号）
花が風にゆれたとき（二〇一〇年一〇月号）
心の向きを変えて（二〇一一年一月号）

第2章　目の前のしあわせ

桜とパン（二〇〇八年七月号）
料理は修行（二〇〇八年一二月号）
自分が主役（二〇〇九年四月号）
ブログ始めの記（二〇〇九年一〇月号）
無為もまたよし（二〇〇九年一二月号）
結婚は前に進むこと（二〇一〇年二月号）
ゆっくり歩けば…（新版準備号）
目の前のしあわせ（二〇一〇年四月号）
桜月夜（二〇一〇年六月号）
宝の時間（二〇一〇年一一月号）

第3章　自然に生かされて

たそがれどき（二〇〇八年二月号）
自然に生かされて（二〇〇九年七月号）
善への布石として（二〇〇九年八月号）
余白をつくる（二〇〇九年九月号）
シンプルな答え（二〇一〇年一月号）
バナナに悩む（二〇一〇年八月号）
良いことができる（二〇一〇年一二月号）

第4章　雛祭り

社会の空気（二〇〇八年六月号）
絵本美術館（二〇〇八年八月号）
謙虚で、豊かに（二〇〇八年九月号）
イスラムの女性たち（二〇〇八年一〇月号）
「平和の日」に思う（二〇〇八年一一月号）
幸せな集落（二〇〇九年一月号）
雛祭り（二〇〇九年六月号）
アマゾンの町に生きる（二〇〇九年一一月号）

うぐいす餅《もち》とバナナ

2011年５月１日　初版第１刷発行

著　者　谷《たに》口《ぐち》純《じゅん》子《こ》
発行者　磯部和男
発行所　宗教法人「生長の家」
東京都渋谷区神宮前１丁目23番30号
電　話（03）3401-0131　http://www.jp.seicho-no-ie.org/
発売元　株式会社　日本教文社
東京都港区赤坂９丁目６番44号
電　話（03）3401-9111
ＦＡＸ（03）3401-9139
頒布所　財団法人　世界聖典普及協会
東京都港区赤坂９丁目６番33号
電　話（03）3403-1501
ＦＡＸ（03）3403-8439
印刷　東洋経済印刷
製本　牧製本印刷
装幀　クリエイティブ・コンセプト

本書（本文）の紙は循環型の植林木を原料とし、漂白に塩素を使わない
エコパルプ100％で作られています。

ISBN978-4-531-05266-0